rowohlt
BERLIN

Michael Ziegelwagner

Der aufblasbare Kaiser

Roman

Rowohlt · Berlin

1. Auflage März 2014

Satz aus der Trump Mediäval PostScript, InDesign
Gesamtherstellung CPI books GmbH, Leck
Printed in Germany
ISBN 978 3 87134 767 2

Der aufblasbare Kaiser

Erstes Kapitel

Der Sturz

Jedes Leben fängt irgendwann an, einem über den Kopf zu wachsen; das ergibt sich so. In klaren Momenten – so würde das Doktor Felderer später ausdrücken – bemerkt man, sich über sein tägliches Verhalten nur noch sehr schwer Rechenschaft ablegen zu können, und man überlegt, wann das begonnen hat. Man sitzt in einem schottischen Striplokal, in dem es einem nicht gefällt, um eine Freundin zu begleiten, von der man bei genauem Nachdenken nicht mehr weiß, warum man sie mag; nimmt als verdeckte monarchistische Agitatorin an einer Kundgebung gegen die Wiener Parkplatzpolitik teil oder fühlt eine merkwürdige Zufriedenheit dabei, in der Badewanne auszurutschen. «Es hat sich so ergeben» – aber wie? Man müsste einmal scharf über alles nachdenken, fand Vera Beacher und presste die Augen zu, dass es wehtat.

Noch während sie stürzte, hatte sie gedacht: «Das habe ich wenigstens hinter mir», und jetzt, auf dem Boden der Badewanne angekommen, konnte sie den Gedanken auseinanderfalten: Sie fühlte sich, als hätte sie etwas absolviert, das andere Menschen erst in viel höherem Alter hinter sich brachten. Kam daher ihre merkwürdige Zufriedenheit?

Der stärkste Schmerz war im rechten Fuß, der zweitstärkste im Kopf. Vorsichtig bewegte sie die Zehen, alle funktionierten. Jetzt schien der Kopfschmerz stärker zu werden, schwoll an, übertraf den Fußschmerz. Sie bemerkte, dass sie diesen Hauptschmerz lenken konnte, und ließ ihn ein paar Mal zwischen Kopf und Fuß hin- und herspringen, dann behielt sie ihn oben: Mit Kopfschmerz konnte sie umgehen. Ihr war, als würde der Kopf dabei kompakt, zusammengepresst, die einzelnen Gedanken liefen eng nebeneinander durch die Hirnwindungen, die Gedankenwege wurden kürzer in einem kleinen, zusammengepressten Gehirn. Kopfweh stärkte ihr Denken. Kopfweh und Betrunkenheit: Denn auch in dieser liefen ihre Gedanken konzentriert und ohne Ablenkung eine einzige, glatte Bahn entlang, die sie mühelos bis ans Ende verfolgen konnte. Betrunkenheit und Kopfweh, dachte sie zahnknirschend: Sollte ich je betrunken mit dem Auto fahren und in eine Polizeikontrolle geraten, dann werde ich die weiße Linie viel sturer und konzentrierter entlanggehen können als im nüchternen Zustand.

Ungefähr sieben Atemzüge waren vergangen, seit sie gestürzt war. Sie rutschte mit dem Gesäß vorwärts und zurück, was quietschte und wehtat, aber die Zufriedenheit blieb. Es war, ging es ihr jetzt durch den schmerzenden Kopf, die Zufriedenheit darüber, ausgeschieden zu sein. Sie würde daheimbleiben können. Das Büro würde schon ohne sie zurechtkommen. Ihre Schwester würde allein den Haushalt führen. Ihre Eltern würden unbesucht bleiben, die Arbeit ungetan, Robert unbefriedigt – und sie würde sich im Krankenbett ausruhen oder sogar im Rollstuhl (und auf eine sparbuchreligiöse Weise glaubte sie, jene Tage, die sie als Sechsundzwanzigjährige im Rollstuhl absitzen müsste, würden ihr gerechterweise im Alter angerechnet und ihre endgültige Bettlägerigkeit um exakt dieselbe Tageszahl hinauszögern).

Diese Gedanken freuten sie, und sie begann, das Badezimmer auf seine Behindertentauglichkeit zu prüfen. Die Tür war breit genug für einen Rollstuhl, gut. Um in die Badewanne zu klettern, würde sie sich am Waschbecken festhalten müssen. Vorher müsste sie noch den Duschkopf aus seiner fest verschraubten Halterung nehmen, denn wenn sie einmal in der Wanne säße, wäre er unerreichbar. Sie müsste den Rollstuhl aus dem Badezimmer stoßen, damit er beim Duschen nicht nass würde – stopp, sie konnte einfach den Vorhang zumachen. Und wo zog sie sich aus? Sie würde nackt ins Badezimmer rollen müssen. Nein: Sie konnte ihre Kleidung in der Wanne ausziehen und sie dann auf den Rollstuhl legen. Aber wäre es nicht einfacher, sich schon im Schlafzimmer auszuziehen? In der Wanne konnte sie kaum die Hüften heben, wie sollte sie da ihre Hose herunterbekommen?

Aber das würden andere entscheiden. Ein Rollstuhlfahrer muss nicht funktionieren, dachte sie, und wenn er zu funktionieren versucht – wenn er auch nur davon spricht, es zu versuchen! –, wird er bewundert und bestaunt. Wie sie sich als Rollstuhlfahrerin auch verhielte, ob sie schlecht gelaunt in einer Ecke saß oder lebensfroh ihre Invalidität genoss: Sie würde es richtig machen. Würde von ihr erwartet werden, sich am Haushalt zu beteiligen? Kaum. Konnte sie nicht wenigstens das Geschirr abwaschen, da sie doch zwei gesunde Hände hatte? Nein, mit diesen ihren Händen musste sie ja den ganzen Tag den Rollstuhl voranbringen, da konnte man nicht verlangen, dass sie mit ihnen abends noch das Geschirr spülte – selbst, wenn sie es anbieten würde. Der Meinung ihrer Schwester nach machte sie das ohnehin zu nachlässig, dachte sie, selbst in gesundem Zustand: Edith spülte immer ein zweites Mal, wenn Vera dran gewesen war. Genauso machte sie es im Badezimmer: Edith war besessen von «Schmutzrändern», die ihre jüngere Schwester angeblich «absichtlich übersah» und sich dann «darauf rausredete», dass «das Licht im Bad so schlecht» sei – ein Argument, das Vera noch nie benutzt hatte –, weshalb Edith einmal in der Woche mit einer Stirnlampe in der Badewanne kniete, um die Schmutzränder zu beleuchten und abzuschrubben. Kein Wunder, dass man ausrutschte, wenn alles derart spiegelglatt poliert war. Künftig würde Edith bei dieser Arbeit nicht mehr gestört werden von ihrer unfähigen Schwester, sie würde alles allein putzen können (was sie, wenn man ehrlich war, schon seit Jahren tat, denn Vera Beacher, da sie es Edith eh nicht recht machen konnte, reinigte das Badezimmer inzwischen nur noch mit einem abgeschleckten Papiertaschentuch, was höchstens eine Minute dauerte).

Es war kalt geworden. Nackt und nass lag sie da, der im Fallen mitgerissene Duschvorhang bedeckte sie. Ein Wassertropfen löste sich vom Duschkopf und fiel ihrem Gesicht entgegen. Sie schloss die Augen, spürte ihn aber nicht auftreffen, und blind erwog sie, sich am Badewannenrand hochzuziehen. Auch der Gedanke gefiel ihr. «Ich versuche, mich hochzuziehen. Allein der Versuch hat Respekt verdient!» Sie stellte sich vor, im Spital zu liegen. Neben der Wanne stand die Krankenschwester. Sie hatte ein Duldergesicht, und ihre Stimme war erschöpft, aber sogar sie sagte: «Sehr gut machen Sie das, Frau Beacher! Schön langsam!», und sie hielt ihr die Hände hilfsbereit, wenn auch etwas schlaff entgegen. Das tapfere Lächeln der Patientin zwang die Schwester zum Zurücklächeln. Wie sollte sie auch anders, wenn sogar die Frau Beacher lächelte: invalid, unbekleidet und viel zu jung für einen Oberschenkelhalsbruch!

«Was ist denn hier passiert?», fragte die Schwester. Jetzt war es die echte, Edith. Sie stand in der Badezimmertür wie ein Militär vor dem Schlachtfeld und verschaffte sich Überblick. «Mein Gott, du Arme! Was war denn los? Beim Duschen umgekippt?»

«In der Badewanne ausgerutscht.»

«Sie war aber nicht schmutzig, oder? Nein, kann

nicht sein, ich habe ja gestern noch einmal drübergeputzt. Ein Glück – stell dir vor, du hättest irgendwo eine offene Wunde, mit der du jetzt auf einen Schmutzrand gefallen wärst –»

«Schwachsinn, Schwachsinn!» Die jüngere Beacher stützte sich auf einen Ellbogen, der Ärger trieb sie hoch. «Wie soll ich denn auf einem Schmutzrand liegenbleiben können?»

«Wieso nicht?»

«Weil sich ein Schmutzrand, wie es das Wort schon sagt, am Rand der Badewanne befindet. An den Wänden! Die sind abschüssig, senkrecht, auf denen kann man nicht liegenbleiben, man rutscht immer in die Mitte der Wanne.»

Edith verschränkte die Arme. «Ach. Auf einem Schmutzrand kann man nicht liegen …»

«Nein!»

«… der Rand in dem Wort Schmutzrand bezieht sich auf die Badewanne?»

«Worauf denn sonst?»

«Auf sich selber natürlich! Ein Schmutzrand ist ein Rand, der aus Schmutz besteht.»

«Hä? Nein! Ein Rand ist immer eine Begrenzung von etwas! Ein Schmutzrand kann nicht die Begrenzung seiner selbst sein. Er kann nicht nur als Rand existieren, sonst wäre er nichts als sein eigener Übergang. Klar? Und zwar nach oben und nach unten gleichzeitig, also wäre ein Schmutzrand eigentlich zwei Ränder –»

Ediths Miene ging so: In die Stirn rollende Augäpfel,

der Mund bildete ein Schnoferl. Bedeuten sollte das: Überflüssige Diskussion, aber wenn's dich glücklich macht ...

Doch sagen tat sie: «Am besten wird sein, wir holen dich da einmal heraus, Schatzi.»

Es war neun Uhr, sie würde mindestens eine halbe Stunde zu spät kommen. Auf Ediths Regenschirm gestützt, kam sie Stufe für Stufe die zwei Stockwerke aus ihrer Wohnung herunter. Edith hatte ihr beim Anziehen helfen müssen. Es ging jetzt wieder, der Fuß war nicht gebrochen, nur verstaucht. Sie würde nicht zur Rollstuhlfahrerin werden, sie würde nicht wochenlang mit einer Schenkelhalsfraktur im Spitalsbett liegen, schade drum; aber ein paar Rechte hatte sie doch gewonnen: Sie durfte heute später kommen, früher gehen und länger Mittagspause machen. Die Zufriedenheit war geblieben, sie mahlte stumm mit den Kiefern und freute sich darauf, im langsamen Lauf des Tages immer mehr dieser neuen Rechte zu entdecken. Sie würde weniger Mitleid bekommen, als wenn sie im Rollstuhl säße, schon, ja; aber pausenloses Mitleid, überlegte sie, war auch etwas Lästiges. Als Verstauchte konnte sie selbst entscheiden, wann sie Mitleid wollte.

Als sie noch fünf Stufen bis zum Erdgeschoss hatte, trat die Hausmeisterin aus ihrer Wohnung, stellte ihren rechten Fuß auf ein Eck ihrer Fußmatte und schob es langsam von sich. Sie drehte die Matte um neunzig Grad, bis deren Längskanten nicht mehr parallel zur Türschwelle lagen, sondern von ihr wegführten. Die Fußmatte sah nun einladend aus, wie eine Rampe, eine kleine Brücke oder ein roter Teppich, der in die Wohnung geleiten sollte.

«Guten Morgen!», sagte Vera. Die Hausmeisterin hörte es nicht, sie war schon wieder in ihrer Wohnung verschwunden. Noch während sie die Tür schloss, erriet die Beacher, warum sie den Fußabstreifer gedreht hatte (und es erstaunte sie, wie mühelos es zu erraten war): Stand man auf einer derart gewendeten Fußmatte, dann ließen sich die Schuhe viel besser abstreifen. Man konnte einen Viertelschritt nach vorne machen, ansetzen und bis weit nach hinten wischen; der Bremsweg für die Schuhe, sozusagen der Abstreifweg oder Reibeweg, wurde um ein Mehrfaches verlängert.

Sie trat auf die unterste Stufe und überlegte, ob sie behaupten konnte, die Hausmeisterin gut zu kennen. Nein, befand sie. Aber es musste sich um eine intelligente, findige Frau handeln, der Einfall mit der Fußmatte war gut.

Dann schämte sie sich für den Gedanken. Wenn sie selbst auf die Idee gekommen wäre, ihre Fußmatte zu drehen, um die Schuhe besser abstreifen zu können, und jemand hätte sie dabei beobachtet – wäre es ihr recht gewesen, dass aus dieser Beobachtung gleich auf ihre Intelligenz geschlossen wurde? Fände sie das nicht entsetzlich herablassend? Und doch hatte sie die Hausmeisterin sofort «findig» genannt, ja: «findig», das war ihr Begriff gewesen. Vielleicht ist sie absolut unfindig, dachte die Beacher, und das einmalige Verschieben der Fußmatte wiegt überhaupt nichts gegen fünfzig dumpf dahingelebte Vorjahre. Sie fragte sich, woher ihr Hang kam, fremde Menschen als kompakte, fugenlose Einheit zu sehen statt als zerfahrenes, kaum zusammenhängendes Identitätsgewaber, das ja zweifellos jeder von ihnen war. Für die Beacher endete die Hausmeisterin an ihrer Oberfläche. Was der Schmutzrand für Edith, war die Hausmeisterin für Vera: nicht mehr als ihre eigene Grenze. Sie zu sein, schien nichts anderes zu bedeuten, als sich auf der anderen Seite dieser Grenze zu befinden, innerhalb ihrer Hirnschale. Es war schwer zu begreifen, dass sie, genau wie die Beacher selbst, denkend aus sich selbst herausragte. Irgendjemand, der sich das nicht ausgesucht hatte, war dazu gezwungen, die Hausmeisterin zu sein. Irgendjemand ging mit diesem Körper herum, kratzte mit der Hand der Hausmeisterin die Nase der Hausmeisterin. Dieser Jemand nannte die Hausmeisterin vermutlich nicht beim Namen, wenn er an sie dachte. Dieser Jemand war für die Beacher ungreifbar, nicht zu erwischen, selbst wenn sie die Hausmeisterin in der Mitte auseinandergebrochen hätte. Ihr kam der Gedanke, dass die Hausmeisterin diesen Jemand vielleicht auch nicht mehr erwischen konnte – weil der Jemand in den letzten fünfzig Jahren mit dem Körper dieser Frau rettungslos verwachsen war. Das beruhigte sie wieder, denn es bedeutete, dass die Hausmeisterin vielleicht doch nicht denkend aus ihrem Körper herausragte;

nicht *mehr*. Vielleicht machte wenigstens das Alter die Menschen zu kompakten, fugenlosen Einheiten. Es musste doch schön sein, sich in sich selbst auszukennen. Genau zu wissen, was wo war, wie die Launen funktionierten, die Erinnerungen chronologisch geordnet zu haben und ein paar Spleens und Wunderlichkeiten stolz in der Auslage …

Die Straße war nass. An der Straßenbahnstation wartete ein alter Mann mit Filzhut und einem Backenbart, der links und rechts in steifen Strähnen vom Gesicht abstand. Sein Blick folgte den Autos, die an ihm vorbeifuhren. Er schien sie zu zählen. Kurz bevor Vera die Station erreicht hatte, piepste ihr Handy in der Jackentasche. Sie griff hinein und zog es mit jedem Schritt ein Stück weiter heraus, nach vier Schritten hielt sie es in der Hand. Es war eine Textnachricht: «hey beachy!halt dich fest,es wird geheiratet!thomas hat mir gestern –», da kam ihre Bim. Sie steckte das Handy wieder weg und ging schneller, um sie noch zu erwischen.

Jemand half ihr beim Einsteigen. Viertel zehn, viele Plätze waren frei, trotzdem blieb sie stehen. Der alte Mann setzte sich vorne hin und zählte weiter. Die einen Autofahrer wollen aus das Stadt raus, dachte sie jetzt, die anderen wollen in die Stadt rein, zur selben Uhrzeit. Wie wär's, wenn die, die rauswollen, drinbleiben und ihr Tagesgeschäft mit denen tauschten, die reinwollen? Ihre Gedanken waren klar, der Kopfschmerz klopfte vertraut. Die Zufriedenheit, die ihr der Sturz verschafft hatte, war immer noch da. Sie fühlte sich, als müsste sie balancieren, um nichts davon zu verschütten. Sie hob den verstauchten Fuß. Ein bisschen Zufriedenheit schien bereits abgeflossen zu sein – abgeflossen, aber nicht versickert. Wohin?

Sie spürte es in ihrer Jackentasche schwappen. Genau, die Nachricht, dachte sie, nach dem Handy fingernd, die frohe Botschaft von Zecki – Elisabeth Zeckbauer, bald verehelichte Frau Thomas Braunreiter …

«hey beachy!halt dich fest,es wird geheiratet!thomas –»

Aber Beachy hielt sich nicht fest.

Die Straßenbahn machte eine Vollbremsung.*

Als sie sich vom Boden hochgekämpft hatte, standen ihr Tränen des Ärgers in den Augen. Ich bin die dümmste Nuss von Wien, beschimpfte sie sich, krallte beide Händen um einen Fahrscheinentwerter, und ihre Lippen bewegten sich stumm schimpfend. Der alte Mann mit dem Filzhut hatte sich bei ihrem Sturz umgedreht, sah jetzt ihr wütendes Gesicht und bekam Angst. Er stand auf und drückte den Knopf «Haltewunsch». Ich habe jedes Recht, mich hinzusetzen, schimpfte sie für sich weiter, und dann schaffe ich es, in der Bim aufs Maul zu fallen. Dumme Nuss, dumme

* Die Hinweisschilder der Wiener Linien waren in dieser Situation auch keine Hilfe: «Bitte sich festzuhalten», steht auf denen. Sich selbst also, statt an Haltestangen oder Halteschlaufen.

Nüssin! Offensichtlich bin ich so blöd zu vergessen, dass mir der Fuß wehtut. Die Scheißbim ist viel zu bequem für mich; Bim, was soll das überhaupt heißen, als wäre den blöden Wienern das Wort «Straßenbahn» zu kompliziert und das korrekte Geräusch «Bim-Bim» als Bezeichnung zu kindisch; kein Wunder, dass man in die kollektive Regression abrutscht, wenn man in so einer Kinderbimmelbahn fährt, anstatt ordentlich zu Fuß zu gehen wie eine Erwachsene; ich muss raus, gleich bei der nächsten Gelegenheit, der alte Mann hat ja schon gedrückt, sehr gut.

An der Station Johnstraße stieg sie hinter ihm aus. Absichtlich machte sie viele kleine Schritte, die viele kleine Schmerzen erzeugten und viel Zeit brauchten, sie wollte jetzt möglichst spät ins Büro kommen. Je später sie kam, je ausführlicher würde sie sich bei Herrn Fronleitner entschuldigen müssen, und je mehr sie sich entschuldigen musste, je lehrreicher war ihre Selbstbestrafung.

Links, auf der anderen Straßenseite, erhoben sich Gründerzeithäuser aus den Zehner- und Zwanzigerjahren, mit kleinen Geschäften in den Erdgeschossen: «Joker's», «Sport-Tip», «Sexshopp No. 1», «Erdem's Internet Store», «Snack's». Sie hatte die Hütteldorfer Straße an dieser Stelle nie gemocht und ihre Abneigung immer auf diese Sexshops und Glücksspielläden geschoben. Dabei hatte sie gar nichts gegen Sexshops. In ihrem Ärger über den Sturz herumgrundelnd, blieb sie stehen, um ein für alle Mal festzustellen, woher der Ärger über die Hütteldorfer Straße kam. Sie belastete den Schmerzfuß. Störte es sie vielleicht, dass sich die Sexshops gerade in Gründerzeithäusern festsetzten? Ja, ein bisschen. Aber das war nicht alles, sie spürte da noch einen unerklärten Restärger und ließ ihren Blick über die Fassaden schweifen: umschnörkelte Fenster, Säulchen unter den Fenstersimsen, Steingirlanden, Wappen, Karyatiden und rund ausschwingende kleine Zierbalkons, alles in den oberen Stockwerken. Die Sexshops waren im Erdgeschoss, sozusagen unter der Gürtellinie der Gründerzeithäuser. Sie sah hinauf und hinunter, legte den Kopf schräg. Und da sprang ihr ins Gesicht, was sie störte: dass in diesen Gebäuden die Zeitalter untrennbar ineinandersteckten. Wie die Gründerzeithäuser von den Sexshops durchdrungen wurden, ohne sie abzustoßen, wie sich die Sexshops in den Gründerzeithäusern breitmachten, ohne diese zu vernichten – es war ein korruptes, unentschiedenes Durcheinander aus längst Unmodernem und zweckmäßig Zeitgenössischem. Ein Gründerzeithaus gehört nicht in die Gegenwart und ein Sexshop nicht in ein Gründerzeithaus, entschied sie. Aber statt das Gründerzeithaus abzureißen und einen Sexshop hinzubauen, lässt man es stehen; statt den Sexshop zu verbieten, um das Gründerzeithaus zu erhalten, stellt man beide ineinander. Ganz Wien schien ihr plötzlich derart zusammengeschachtelt zu sein, und einen Gedankensprung später die ganze Welt.

Nehmen wir, dachte sie, den alten Mann mit Filzhut, der mit mir ausgestiegen ist und jetzt vor der Auslage des «Sexshopp No. 1» steht, weil er sich die Schuhe binden muss. Sein Körper war fünfundsiebzig. Seine Falten waren etwas jünger. Der Filzhut stammte aus den Sechzigern, das Sakko war neu. Sein Backenbart, der ihm links und rechts in steifen Strähnen wegstand: Der konnte selbst in seiner frühen Jugend nicht modern gewesen sein, den hatte er sich wahrscheinlich in den Fünfzigerjahren wachsen lassen, um älter zu wirken; abgeschaut von den damals fünfundsiebzigjährigen Herren, die um 1880 geboren waren und ihre Backenbärte aus der Zeit um 1910 herübergerettet hatten.

Diese alten Herren waren seine Zeitgenossen gewesen, und nun war der Herr mit dem Filzhut Vera Beachers Zeitgenosse. Unter seiner derzeitigen Hülle schleppte er noch all seine früheren Existenzen mit sich herum, eine ganze Mannschaft jüngerer und immer noch jüngerer Herren, alle mit verschiedenen Erfahrungen und Gewohnheiten und Ansichten, angeführt von dem alten Herrn, der aktuellen Version. Ein Durcheinander, nicht zu restaurieren. Man konnte ihn nicht einmal abreißen und stattdessen einen Sexshop hinstellen …

Als hätte er ihre Gedanken gelesen, ließ der alte Herr von seinen Schuhen ab und folgte der Hütteldorfer Straße Richtung Gürtel. Sie bekam Lust, ihm nachzugehen, doch die Autos wollten sie nicht über die Straße lassen. Wenn einer bremsen würde, um mich rüberzulassen, dachte sie, dann sehen die anderen gleich, dass ich schlecht zu Fuß bin, und lassen mich ebenfalls rüber. Aber keiner fing damit an, sie rüberzulassen. Also ging sie der Fußgängerampel entgegen.

Als sie endlich auf der anderen Straßenseite stand, war der alte Herr mit dem Filzhut verschwunden. Sie ging ein paar Schritte in die nächste Gasse, stützte sich dann auf den Regenschirm und schöpfte Atem.

Ein Hund schaute sie an und kam näher.

«Und?», fragte sie.

Der Hund war groß und golden. Er hatte lange und schmale Vorderpfoten, wie Hände, und er setzte sie sehr sanft auf, als wäre er nicht gewöhnt, auf vier Beinen zu gehen. Sein ausgeprägtes Hinterteil stand rund in die Höhe. Das Fell passte ihm nicht, es hing an ihm, als würde es einem noch größeren Hund gehören. Er sah aus wie ein verkleideter Mensch. Die beiden betrachteten einander, dann wedelte er, und sie wandte sich ab und tat so, als würde sie an der nächstgelegenen Haustür nach einem Namen suchen.

Praxis Dr. Felderer	Adelay
Th. Speyrer	Naßmann
Deutschkewicz	Sürücü
Brunnerl	Leg. Club
K. Speyrer	Bielenzmeyer
Hausmeister	Gül

stand auf den Klingelschildern.

Der Hund sah ein Schaufenster an. Er wirkte nicht, als ob er sich bald entfernen wollte. Also wartete die Beacher, drückte einen der Knöpfe: «Leg. Club», nichts rührte sich. Dafür fiel ihr links, am Briefkasten des «Leg. Club», ein Zettel auf.

Der Legitimistische Club ist umgezogen. Neuer Treffpunkt: Böhm-Ermolli-Straße 9. Bei Blawicz klingeln. Neuer Jour fixe: Mittwoch, 20 Uhr. Gäste willkommen, wofern sie die Legitimität des Erzhauses Habsburg befürworten.

Nun war der Hund weg. Auf ihren Schirm gestützt, verließ sie die Gasse und erwischte ihre Straßenbahn in der Station Huglgasse. Es war halb zehn.

«Oje, oje», sagte Herr Fronleitner, als sie im Büro angekommen war und ihre Verspätung erklärt hatte, «ich kann mir das gut vorstellen, Frau Magister Beacher. Meiner Schwiegermutter ist so was auch passiert vor ein paar Jahren. In der Badewanne auszurutschen ist ja keine Altersfrage, gell ...»

Zwischen ihm und der Beacher war sein Schreibtisch, und auf ihrer Seite standen kleine Plastikflusspferde, eine ganze Reihe. Man konnte sich als Besucher nicht auf den Schreibtisch stützen, ohne sie umzuwerfen.

«Wie alt sind Sie denn jetzt, Frau Magister?»

«Sechsundzwanzig.»

Herr Fronleitner schrieb etwas auf einen Zettel. Dann sah er seine Mitarbeiterin prüfend an. Zu einem kleinen Mädchen, dachte die Beacher, hätte er an dieser Stelle gesagt: «Bis du heiratest, ist es wieder gut.» Und er fragte sich wohl tatsächlich, ob sie verheiratet war. Sekunden vergingen, ohne dass Herr Fronleitner den Satz sagte. Dann lehnte er sich in seinem Sessel zurück, die Hände auf den Jeansknien.

«Das Leben ist wie eine Ziehharmonika, Frau Magister. Die kann man zusammenpressen, man kann sie aber auch auseinanderziehen. Manchmal befinden wir uns zwischen zwei dieser auseinandergezogenen Falten, dann kommt uns der Abstand zur nächsten Falte sehr weit vor, verstehen Sie, der Moment scheint uns dann sehr lang und intensiv zu sein ... aber später, wenn wir uns dran erinnern, ist die Ziehharmonika zusammengequetscht, und wir wissen kaum mehr, zwischen welchen beiden Falten wir damals gesteckt haben. Obwohl uns der Abstand seinerzeit so-ho weit vorgekommen ist.» Er blickte zur Decke und ließ das Bild noch einmal durch seinen Kopf ziehen, dann schlug er auf den Tisch. Eines der Plastikflusspferde fiel um. Die Beacher stellte es wieder auf.

Ihr Büro war leer. Der junge Kollege, mit dem sie sich seit Jahresanfang das Zimmer teilte, saß nicht an seinem Schreibtisch. Seit Jahresanfang – das waren dreieinhalb Monate ungefähr, und sie hatte sich immer noch nicht an ihn gewöhnt. Sie nannte ihn Trottel, der Name ging auf Zecki zurück, die sie im Büro besucht hatte. Damals war der junge Kollege am Fenster gesessen und hatte auf dem Fensterbrett seinen Filterkaffee und seine Jause aufgebaut: zwei durchgeschnittene Sandwiches, eine Knackwurst und ein hartgekochtes Ei. Von Zecki stammte auch der nachsichtig-liebevolle Tonfall, mit dem «Trottel» ausgesprochen wurde. Manchmal redete er mit sich selbst. Wenn er einen Absatz fertig geschrieben hatte, schlug mit dem Ausruf «Zwosch!» auf die Punkt-Taste; wenn die Beacher ihm etwas sagte, wiederholte er es mit Ehrfurcht. Er war vier Jahre jünger als sie.

Der Gedanke an Zecki erinnerte sie wieder an die SMS, sie rollte auf dem Bürosessel zu ihrer Jacke und suchte nach dem Handy. Verehelichte Frau Thomas Braunreiter!, dachte sie und murmelte stumm, ist das zu fassen?

«hey beachy!halt dich fest,es –»

«Aaattsch!»

Vor dem Büro hatte jemand geniest. Das rechte Handgelenk an die Nase gepresst, mit der Linken ein Taschentuch aus der Brusttasche zupfend, trat der Trottel zur Tür herein. Er schüttelte das Tuch, um es zu entfalten, blieb stehen, verharrte einige Sekunden und nieste dann noch einmal – in die rechte Hand. Das Taschentuch hielt er in der ausgestreckten Linken. Die Beacher wurde Zeugin, wie er das Tuch ansah und überlegte, warum er nicht hineingeniest hatte.

«Guten Morgen», sagte sie.

Er sah auf. «Schau», sagte er und hielt ihr das Taschentuch entgegen, «ein selbstgemachtes Erfrischungstuch.» Auf dem Taschentuch waren hellbraune Flecken. «Ich hab in der Früh Kaffee auf dem Schreibtisch verschüttet und ihn damit aufgewischt. Das hat jetzt einen total angenehmen Geruch, wenn man sich reinschneuzt.»

Er schneuzte sich, steckte das Tuch in die Brusttasche zurück und ging erst danach an seinen Platz. «Der Herr Fronleitner sagt, ich niese so komisch.»

«Wieso, wie denn?»

«Kann ich nicht genau nachmachen, irgendwie so: Ee-iff. Findest du das auch komisch?»

«Ee-iff? Nein, du niest eher: A-atsch!»

«Nein, das ist neu. Ich hab es mir angewöhnt, weil der Herr Fronleitner das alte Niesen so komisch findet. Es ist überhaupt nicht schwer, sein Niesen umzustellen.»

«Ach so?»

«Hab ich auch nicht geglaubt! Aber es geht, wirklich. Und es ist auch sehr einfach, daran zu denken, weil man, wenn man niesen muss, sowieso aus allen anderen Gedanken gerissen wird. In den Sekunden davor, in dieser Ausnahmesituation, fällt es einem ganz leicht, sich an sein neues Niesgeräusch zu erinnern.»

Sie fand den Trottel heute sehr eifrig. Es schien ihm Selbstbewusstsein zu verleihen, ihr etwas beibringen zu können, anstatt, wie sonst, von ihr zu lernen. Er strahlte, und sie merkte, dass sie ihn versonnener angesehen hatte als beabsichtigt. Vorsichtig stand sie auf, um sich einen Kaffee zu machen. Für die paar Schritte ließ sie den Regenschirm stehen, das Handy steckte sie in die Hosentasche.

In der Kaffeeküche platzte ihr die Milch. Sie hatten keine Literpackung im Kühlschrank, nur kleine, aneinandergeschweißte braune Plastikbecherchen, die man voneinander abbrechen musste. Dabei drückte sie einen der Deckel ein, es tropfte auf den Boden, und sie überlegte, ob sie für die verspritzte Milch den Trottel um sein selbstgemachtes Erfrischungstuch bitten sollte. Dann wischte sie mit der Schuhspitze darüber, schaltete die Kaffeemaschine ein und wählte Zeckis Nummer.

«Hallo, Beachy!»

«Hallo Braut! Ich habe deine Nachricht bekommen. Sag mal, da zieht ihr um, wochenlang hört man nichts von euch beiden, und dann gleich so etwas. Gratuliere dir!»

«Danke! Ich finde es super, dass du so positiv reagierst.»

«Natürlich! He, ich finde das alles wunderbar!»

«Du bist also dabei? Darf ich das dahingehend interpretieren?»

«Ja aber sicher, selbstverständlich! Keine Frage! Wann ist es denn?»

«Am 16. September. Wahrscheinlich im Waldviertel. Ich hab auch schon eine erste Besprechung koordiniert, für den 1. Mai, ein Sonntag. Geht das für dich?»

«Für mich? Ja sicher, warum nicht?»

Sie nahm einen Stift und notierte das Datum sowie ein paar weibliche Namen samt Telefonnummern, die ihr von Zecki diktiert wurden, auf einem der papierenen Kaffeefilter.

«Meine Besetzung für den Polterabend ...»

«Was wird denn da überhaupt besprochen, am Ersten?»

«Ja, der grobe Ablauf eben, für den Junggesellinnenabschied. Such dir einfach ein Lokal aus, du bist ja, also, die Chefin und Hauptperson. Du, ich muss hier weitermachen. Supersuper, dass du mitmachst. Ich bin froh, dass ich dich gefragt habe. Bis dann!»

«Tschüs! Gut, bis zum 1. Mai!»

Zecki lachte ausdauernd: «Da bin ich natürlich nicht dabei, du Dussel!»

«Nein, natürlich nicht», sagte die Beacher milde, als hätte sie einen Spaß gemacht, «okay, Gratulation und alles Gute noch einmal!»

Sie legte auf, goss sich einen Kaffee ein und sah im Gehen die Liste durch. An zwei der Frauen erinnerte sie sich aus der gemeinsamen Schulzeit, die drei anderen waren ihr unbekannt. Aber die Hauptperson war ohnehin Beachy selbst, wie Zecki gesagt hatte ... was immer das bedeutete, offenbar eine kleine Schmeichelei.

Als sie wieder ins Büro kam, saß der Trottel zurückgelehnt in seinem Sessel und hörte mit geschlossenen Augen Musik. Sie blieb stehen. Über den Ohren hatte er Kopfhörer, groß wie Tassen. Als sie genau hinhörte, erkannte sie «Eight Days a Week». Sich auf den Schreibtisch stützend ging sie zu ihrem Sessel und schob den Kaffeefilter mit den Telefonnummern in die Schublade.

In Gedanken legte sie sich einen Vortrag an den Trottel zurecht: «Weißt du, mein sechzigjähriger Vater hat auch solche Kopfhörer. Er hat mir erzählt, er ist als Schüler einmal in den Sommerferien nach England gefahren, um dort die Beatles zu sehen. Wenn du sechzig bist, kannst du deiner Tochter erzählen, dass du 2011 als Zweiundzwanzigjähriger mit uralten Kopfhörern Musik von 1960 gehört hast.» Sie überlegte, ob sie ihm diesen Vortrag halten sollte, und entschied sich dagegen. Die Geschichte wäre eh erfunden gewesen, ihr Vater war fünfundvierzig.

Immer noch mit geschlossenen Augen dasitzend, bearbeitete der Trottel jetzt ein unsichtbares Schlagzeug. Zwosch, dachte sie bei einem besonders heftigen Schlag. Als das Lied zu Ende war, nahm er die Kopfhörer ab und blickte seine Bürokollegin an.

«Bisschen Musik», murmelte er.

Am Abend hatte sie Sex, denn Edith war außer Haus. Robert lag unter ihr. Sie hatte sich aufgerichtet, aber mittendrin bekam sie ein unangenehmes Ziehen in den Brüsten: Sie schwangen im Takt seiner Stöße, und manchmal klatschten sie gegeneinander, als würden sie applaudieren. Zuerst überlegte sie, wo ihr Sport-BH lag. Dann wollte sie die Brüste festhalten, überlegte es sich aber anders; denn sie befürchtete, das Gleichgewicht zu verlieren, wenn sie ihre Hände vom Bettgitter nahm. Außerdem musste sie an lächerliche Erotikszenen aus dem Fernsehen denken, in denen Frauen beim Geschlechtsverkehr ihre eigenen Brüste kneteten. Sie verfiel abermals auf die Idee mit dem BH und beschloss, sich beim nächsten Mal einfach nicht ganz auszuziehen. (Robert mochte es, wenn ihre Hose beim Sex nur halb heruntergezogen war; das fand er «spontan». Wenn sie ihren BH anbehielt, gefiel ihm das wahrscheinlich auch, und sie würde von ihren applaudierenden Brüsten nicht mehr abgelenkt ...)

Später konnte sie nicht schlafen. Der Wohnungsnachbar schnarchte in seinem Bett. Sein Kopfende stand an ihrem Kopfende, nur durch die Schlafzimmerwand getrennt. Er wurde dabei immer lauter, verstummte irgendwann, und nach zehn Minuten begann es von vorne.

Sie lag auf dem Rücken und stellte sich ihren Schlaf in zwei Schichten vor. Auf der obersten Schicht musste man unbeweglich liegen, bis man endlich ein wenig einsank. Solange man jedoch noch mit einem Teil des Körpers herausragte, konnte man jederzeit wieder aufwachen. Erst in der zweiten Schicht lag man tief genug, um zu schlafen. Heute hinderten ihre Arme sie am

Einsinken: Sie hatte sie auf der Brust verschränkt, aber da waren sie zu nah; dann legte sie sie neben sich, um sie aus dem Weg zu haben. Nach zehn Minuten hatte sie es geschafft, ihre Arme gänzlich zu vergessen, sodass diese schwer wurden und zu sinken begannen. Da merkte sie, wie ihre Hände an der Matratze auflagen. Sie ballte sie zu Fäusten, die die Daumen umschlossen. Diese Fäuste wurden ihr sofort lästig, weil die Daumen drinnen pulsierten und schwitzten, doch sie blieb stur und verbat ihren Händen jede Bewegung; irgendwann grunzte Robert, und sie gab ihm einen Stoß. Sie nahm die Daumen wieder aus den Fäusten und drehte sich auf den Bauch. Jetzt konnte sie ihre Augen nicht schließen, sie hatte das Gefühl, unter ihren Lidern zu schielen. Die aufdringlichen Daumen schmiegten sich mit ihren pochenden, warmen Kuppen immer wieder von der Seite gegen die Zeigefinger. In einer kurzen Traumphantasie lagen die Daumen abgeschraubt auf dem Nachtkasten. Dann zuckten ihre Beine, und sie war wieder ganz munter.

Sie ging ins Wohnzimmer, sah zehn Minuten fern, schaltete wieder ab. Der Film ärgerte sie. Seine hingebogene Handlung, jedes Detail passte ins Ganze. Die meisten Momente eines Lebens waren doch wie dieser: nachts im Wohnzimmer zu sitzen, seine Zehen zu beobachten und in sich hineinzuriechen. Sie hasste Filme. Nach sechs Minuten, die auf der Leuchtanzeige des DVD-Spielers vergangen waren, stand sie auf und holte ein Bier vom Balkon. Sie knipste die Lampe an und setzte sich wieder. Jetzt ärgerte sie der Gedanke, dass es ja auch Filme gab, in denen Frauen nachts auf der Couch saßen und Bier tranken und ihre Zehen beobachteten. Sie krümmte ihren rechten großen Zeh, dann ihren linken. Ihrem verstauchten Fuß ging es seit dem Sex besser, seltsam. Sie dehnte ihn vorsichtig, steckte dann den Zeigefinger in die Bierflasche und machte ein Ploppgeräusch. Beim achten Ploppen war sie sicher, dass selbst ein Kunstfilmregisseur, wäre sie jetzt im Film, inzwischen abgeschaltet hätte. Sie ließ den Finger im Flaschenhals stecken und überlegte.

Minuten später hatte sie zwei Sätze an den Rand der Fernsehzeitung geschrieben:

Annahme 1. Das Leben ist nichts wert, wenn es uns nicht gelingt, hin und wieder einen Moment herauszulösen.
Annahme 2. Was wir herauslösen, soll außergewöhnlich sein.

Und nach kurzem Besinnen:

Annahme 3. Unsere wichtigsten Erfahrungen sollten wir am Anfang unseres Lebens machen. Wir werden sie noch haben, wenn die meisten Menschen, die sie geteilt haben, weggestorben sind. Sie gehören uns dann exklusiv.

Sie las noch einmal Annahme 2. «Außergewöhnlich», aber für wen? Es genügte doch, wenn sie sich selbst ihren Moment vor dem schwarzen Fernseher bewahrte, als sie das Bier getrunken und ihre Zehen beobachtet hatte. Der Moment war wichtig, weil er bedeutungslos war und für nichts stand, nur für ihr Leben, von dem für ein paar Sekunden nichts ablenkte. Ein Moment, in dem sie existierte; etwas hohl vor sich hinexistierte, na gut, aber die Erinnerung an diesen Moment war eine Erinnerung an ihre Existenz: ein geistiger Talisman. Fast wurde sie jetzt nostalgisch – der Moment bekam gewissermaßen einen Goldrand.

Sie las Annahme 3 und ergänzte:

Annahme 3a. Darum sollte möglichst etwas Absterbendes in unser Leben gerettet werden, das uns möglichst früh exklusiv gehört.

Jetzt beneidete sie den Alten mit dem Filzhut und dem links und rechts wegstehenden Backenbart, der fast alles schon hinter sich hatte. Wer so etwas wie den Zweiten Weltkrieg erlebt hat, dachte sie, der hat ohne Zweifel etwas Absterbendes gerettet. Oder meinetwegen die Mondlandung; sogar mein imaginärer Vater mit seinem Beatleskonzert würde noch einigermaßen interessant wegkommen. Es ist schon viel zu viel passiert, bevor ich auf der Welt gewesen bin. Das ist ja eine Fleißarbeit, heute zu leben. 2011, 2011.

Sie stand auf und ging in die Küche, um die gestrige Zeitung aus dem Papierkorb zu holen. «Arabischer Frühling» las sie, und sofort war es ihr peinlich, dass jemand ein so frisches Ereignis schon mit einem Namen belegte und einordnete, als könnte man über die Gegenwart etwas Gültiges sagen, anstatt staunend den Mund zu halten und abzuwarten. Zeitungen müssten mit zehnjähriger Verzögerung erscheinen, dachte sie. Peinlich war ihr sogar, wenn jemand eine aktuelle Jahreszahl auch nur aussprach: «Dass so etwas möglich ist – im Jahr 2011!», hatte der Herr Fronleitner letzte Woche gesagt. Das musste schon auf einen Menschen des Jahres 2013 oder 2014 lächerlich und wichtigtuerisch wirken. Gerade der Fronleiter, dachte sie, mit seiner Metapher von der zusammengequetschten Ziehharmonika, müsste doch außerdem besser wissen, wie schnell 2011 zwischen zwei Falten verschwindet. Ich habe mich richtig geschämt, den Satz mitzuhören, dachte sie und nickte dazu. Als wäre ihr 2011 dasselbe wie seines, als hätten sie alle etwas gemeinsam, nur weil sie im selben Jahr lebten: Sie hasste Fronleitners Satz aus demselben Grund, aus dem sie es hasste, nach einem Kinofilm ihrem Sitznachbarn ins Gesicht zu sehen, wenn das Licht anging, oder die viel zu bekannte Mondscheinsonate zu hören, wenn eine zweite Person im Raum war (das Thema schien ihr so abgenutzt, dass es unmöglich jemals neu gewesen sein konnte; sie konnte sich selbst Beethoven, der die Sonate ja irgendwann geschrieben haben musste, nur widerstraubend und mit zusammengebissenen Zähnen dabei vorstellen; stur in die Tasten hauend, damit eben auch dieses Zeug endlich komponiert wurde ...); oder den Titel eines Buches sehen zu lassen, das sie in der Straßenbahn las. Und dieser Grund war: Es sollte ihr allein gehören. Sie dachte daran, wie sie im Alter von dreizehn Jahren zum ersten Mal die Ouvertüre des «Rosenkavalier» gehört hatte und sich in ihrer Vorstellung fast sofort Zahnräder zu drehen begonnen hatten; sie wusste nicht, woher dieses Bild kam; nur, dass es sie jedes Mal zufrieden machte, wenn es ihr einfiel, und warum? Weil sie es allein besaß. Sie sah auf ihre Zehen. Es drängte sie, etwas im Jahr 2011 finden, das niemand sehen konnte außer ihr. Das unsichtbare Wesentliche; das, womit sich dieses eine Jahr als Gegenwart tarnte. Droschken fuhren ihr durchs Gehirn, die ins Jahr 1910 gehörten; die 1910 niemandem aufgefallen wären, ohne die sich aber heute niemand 1910 vorstellen konnte. Sie trat ans Fenster. Unten, im Regen, parkten die Autos. Die unauffälligen Selbstverständlichkeiten, dachte sie und vermutete: In fünfzig Jahren gibt es keine Autos mehr. Vielleicht hatte sie erwartet, dass sich durch diesen Gedanken etwas an den parkenden Autos verändern würde; dass sie plötzlich widerglänzten im geheimnisvollen Licht der Geschichte. Stattdessen fiel eine der Straßenlaternen aus, das Dunkel löschte die beiden Skodas am Hauseck.

Sie nahm die Zeitung mit auf die Couch. Ja, die Selbstverständlichkeiten, dachte sie rhythmisch beim Weiterblättern und trank das Bier, ja, die Selbstverständlichkeiten. Das Zigarettenrauchen, das war etwas Absterbendes: «Mein Kind, das wirst du heute gar nicht mehr verstehen, aber als ich so alt war wie du, da haben wir überall geraucht. Drinnen und draußen, beim Essen und vorher und danach, und zum Bier, und wir haben stundenlang mit heißgerauchten Köpfen diskutiert, ob sich der Schutz der Nichtraucher aufwiegen lässt mit dem Recht auf Genuss oder ob …» – das stimmte gar nicht, sie hatte nur ein einziges Mal eine Diskussion über den Nichtraucherschutz gehört, zwischen ihrer Schwester und Robert; Robert war der Meinung gewesen, das käme «alles aus Amerika», und Edith hatte gemeint, dann gehöre eben das Wohnzimmer ab jetzt auch zu Amerika, und er solle gefälligst rausgehen auf den Balkon mit seinen stinkenden Zigarillos. Es waren schon zwei Spezialkandidaten. Und sie blätterte und blätterte.

Aber wer verbarg sich in dieser Zeitung, etwas weiter hinten, auf Seite vierundzwanzig, als die Beacher noch auf der Kommentarseite nach dem Thema Rauchverbot suchte? Wessen Foto rückte, je weiter sie blätterte, immer näher, jetzt noch verdeckt vom Kulturteil und von einer Raubmeldung und einer Anzeige des Elektronikhandels – neigte seinen glatten, achtundneunzigjährigen Schädel dem Leser entgegen, freundlich lächelnd zwischen dem weißen Zahnbürstenbärtchen und der faltigen Halshaut, die so aussah, als würde sie beim Kopfschütteln mitschlackern – auftauchend aus dem Kragen eines viel zu weiten Mantels, den er aus Sparsamkeitsgründen von seinen Vorvätern übernommen zu haben schien, um darunter ein ganzes Weltreich mit sich herumzutragen: Galizien und Dalmatien, die Bukowina und Transsilvanien, Triest und Preßburg und Agram?

Wer?

Dr. Habsburg. Der Kronprinz.

Und jetzt schnappte die Monarchistenfalle zu.

Das war der Mann, der niemals Kaiser geworden war. Das war der Mann, der ihrem 2011 einen Hintergrund hätte geben können, wenn er auf den Thron gekommen wäre; der, wie sein Urgroßonkel Franz Joseph, seit seinem achtzehnten Geburtstag Kaiser hätte sein können/der das Glück hatte, achtundneunzig Jahre lang zu leben/der ihre Gegenwart durch die Möglichkeit einer achtzigjährigen Regentschaft mit dem Jahr 1930 hätte verbinden können/der das Absterbende hätte sein können, das sie aus dem Anfang ihres Lebens hinüberrettete: Otto I. von Österreich. Dieser Mann könnte heute in der Hofburg sitzen, aus der Vergangenheit hereinragen, Namensgeber einer Epoche; ob als würdige Majestät oder als reaktionärer alter Depp, das war nicht so wichtig, man würde loyaler Untertan sein können oder glühender Republikaner, der den Sturz des Kaisers zum Kampfziel seiner Generation machte, dachte sie, und wenn der Kaiser stirbt, kann man sagen: Ich habe noch einen letzten Zipfel von etwas Absterbendem erwischt. Und Ärger packte sie über die Habsburger und deren Unfähigkeit, den Thron zu behaupten: zuallererst über den steingreisen Franz Joseph, der sich in einen Weltkrieg hineintheatern hatte lassen, dann über den allerletzten Trottelkaiser Karl, den sie sich jetzt mit riesigen Kopfhörern vorstellte – selbst über den Kronprinzen, Dr. Habsburg, ärgerte sie sich, den hochgealterten Herrn, dem sie fast nichts vorwerfen konnte, war dieser 1918 doch sechs Jahre alt gewesen und hätte nichts tun können, um die Resignation seines Vaters zu verhindern; außer freilich, sich unter dessen Schreibtisch zu kauern und auf den republikanischen Emissär zu warten, Dr. Renner oder Dr. Seitz, einen dieser spitzbärtigen Sozialdemokraten eben, der das Ende der Monarchie mitzuteilen hatte, um dem Eintretenden flehend ans Knie zu springen, mit blanken Kinderaugen emporzuschauen und das Herz des Republikaners weichzumachen über dem Anblick des kleinen Thronfolgers mit den Goldlocken, den zupackenden kleinen Händen, der am Bäckchen schimmernden Träne und dem am Nasenspitzchen schimmernden Tropfen, der etwas unendlich Harmloses und Schutzbedürftiges dargestellt hätte, anrührender Kronprinz eines harmlosen und schutzbedürftigen Erzhauses, dessen kalte Absetzung der erweichte Sozialdemokrat, Dr. Renner oder Dr. Seitz oder auch Dr. Adler, nicht über sich gebracht hätte – und die Ausrufung der Republik wäre verschoben worden, und die Christsozialen, wenn sie schon sonst für nichts gut waren, hätten den Sozialdemokraten einen Sturz des Kaisers schon ausgeredet, und es wäre weitergewurschtelt worden …

Sie schlief. Geweckt wurde sie erst von Robert, der sich gegen zwei Uhr unruhig wälzte, in die oberste Schlafschicht hinauftrieb, mit der Nasenspitze darüber hinausragte und niesen musste.

«Eee-iff!»

Als sie das hörte, schreckte sie auf, warf die Zeitung ab und ging ins Bett.

Zweites Kapitel

Bei den Monarchisten

Am nächsten Tag war Mittwoch. Sie hatte frei bekommen, das war nett von Herrn Fronleitner. Deswegen saß sie nun um zehn Uhr auf einer Bank im Volksgarten statt im Büro, aß einen Apfel und starrte zwischen den Füßen der Leute hindurch ins Leere. Ihr Blick brach sich an der Volksgartenmauer; immer wieder sah sie dort die Urgroßmutter, im schwarzblau schimmernden Hauskleid, mit ihrem Wischmopp in eine Mauerlücke stoßen, als wollte sie einen Dreckfleck eher erstechen als wegwischen. Zwischen zwei Stößen warf sie dem Urenkelkind abwartende Blicke zu, aus dunklen, gelb umrandeten Brillenaugen.

Die Beacher zog ihren Blick zurück, und während die putzverrückte Alte zu der Amsel zusammenschrumpfte, die da in Wahrheit an der Mauerlücke saß und mit kleinen, wütenden Schnabelstößen Blätter umdrehte, begann sie zu rechnen: Mit zwanzig war ihre Mutter Mutter geworden, die Großmutter mit neunzehn, ergibt neununddreißig bei der Geburt der Enkelin; die Urgroßmutter mit zweiundzwanzig Mutter geworden, ergibt einundsechzig; die Mutter der Urgroßmutter mit zwanzig, ergibt einundachtzig – minus fünf, ist schon mit sechsundsiebzig gestorben; die Großmutter der Urgroßmutter mit achtzehn, ergäbe neunundneunzig, sie starb mit dreiundneunzig und hat damit ihre Ur-Ur-Urenkelin nur um sechs Jahre verpasst.

Es sind alle blutjung bei uns, dachte sie: Die Alten gehen nicht, die Jüngeren kommen nach, die Eltern wachsen mit ihren Kindern heran. Sie würde vielleicht als Fünfzigjährige noch eine Großmutter haben, mit siebzig Jahren noch ihre Mutter. Wer dann wen begräbt: die Siebzigjährige die Neunzigjährige oder die Neunzigjährige die Siebzigjährige? Frühe Elternschaft, dachte sie: Man erschafft ein Leben, das man vom Anfang bis fast zum Ende verfolgen kann. Den Zipfel des Absterbenden habe ich nie allein in der Hand, immer hält ihn noch meine Mutter fest, und meine Großmutter lässt ihn auch lange nicht los.

«Exklusive Erfahrungen», siehe Annahme 3, sind unmöglich, solange die alle da sind. Und gesund waren sie außerdem, ihre Vorfahren: Die amselhafte Urgroßmutter ging ohne Stock, die Großmutter war gerade vier Wochen in Chile gewesen, während sie, die Jüngste, mit sechsundzwanzig im Rollstuhl saß oder zumindest schon so weit war, sich darin wohlzufühlen.

Sie dachte an ihren Vater, der fünfundvierzig Jahre alt, und an Zeckis Vater, der fast siebzig war, ein durchscheinender, blasser Mann, lautlos, vergeistigt, nein: vergespenstigt; ein Mann, dessen Gesten und Sätze stets wirkten, als wären sie die letzten, die er sich vor seinem Tod noch abrang. Unfug, korrigierte sie sich sofort: Es gab für den Zeckivater keinen Grund, sich selbst als verglimmenden Statisten im Leben der Beacher zu sehen; ihr Identitätsgewaber wichtiger zu nehmen als sein eigenes, nur weil sie jünger war und länger leben würde. Dennoch: Siebzig er, fünfundzwanzig seine Tochter – das war ein Respektsabstand. Bei uns hingegen stauen sich die Generationen, dachte sie, die Zähne im Apfel versunken.

Die Amsel war bis auf zwei Meter an die Bank herangehüpft. Jedes neue Blatt, das sie umwendete, lag etwas näher an den Menschenfüßen. Zwischen den Schnabelstößen starrte sie. Machte die Beacher eine Bewegung oder hörte auf zu kauen, beschäftigte sich die Amsel wieder mit den Blättern. Dann war das letzte Blatt aufgedeckt, ein Tausendfüßler entging ihrer Aufmerksamkeit und kurvte ungefressen davon. Die Amsel zuckte mit den Flügeln und hopste zerstreut auf und ab. Endlich zog der Mensch auf der Parkbank ein Stück Apfel aus der Backe und warf es ihr entgegen. Jetzt war's ihr peinlich. Verlegen sprang sie in die andere Richtung, als hätte sie es nie auf den Apfel abgesehen gehabt. Die Beacher schloss die Augen. Als sie wieder hinschaute, war das Apfelstück verschwunden.

Um ihre Füße saßen stattdessen sechs, sieben, acht – neun! Amseln. Sie spürte den kindischen Wunsch, ihren persönlichen Vogel aus den neun herausfinden zu wollen, sie sah sich selbst als kleines

Mädchen vor der Bank herumlaufen, mit einem kleinen, dünnen Zeigefinger auf den weghüpfenden und -flatternden Amselschwarm zeigen und rufen: «Das ist meine! Das ist meine!» Da wurde ihr mit lächerlichem Ärger bewusst, dass sie sich selbst nicht einmal als menschliches Kind sah, sondern als Zeichentrickmädchen, mit Riesenpupillen, Locken, die wie Spiralnudeln vom Kopf abstanden, und einem kurzen Röckchen, das die Rückseite ihrer Unterhose sehen ließ. Sie besaß eine beschämend verkrüppelte Phantasie, die nur zum Zeichentrickfilm fähig war. Gut, jemanden wie Kaiser Franz Joseph konnte sie sich gerade noch in historischen Schwarz-Weiß-Aufnahmen vorstellen, als zu schnell marschierenden Winker mit gesenktem Nacken. Aber schon Napoleon wurde zu einem Knollennasenmännchen, dem angesichts des russischen Heeres der Dreispitz hochging, und als sie im letzten Jahr Stifters «Hagestolz» gelesen hatte, hatte der einsiedelnde Oheim ausgesehen wie eine asketische Nebenfigur aus «Asterix – Die Odyssee». Absichtlich sah sie in eine andere Richtung, um ihre persönliche Amsel aus den Augen zu verlieren und die blöde Vorstellung loszuwerden.

Böhm-Ermolli-Straße, zwanzig Uhr. Der Hund, der wie ein verkleideter Mensch aussah, war auch da. Auf seinen Handballen trappste er den Gehsteig entlang, blieb unter einer Laterne stehen und sah Vera Beacher mit nachdenklichen Augen an. Hinter ihm kam ein zweiter Hund, ein kleinerer, ein Schnauzer oder Terrier, der eine Halskrause trug. Er drehte den Kopf in der Krause hin und her, um mit den Zähnen an die Stelle zu gelangen, wo es ihn juckte. Ein vierbeiniges Grammophon, durchalberte es die Beacher. Sie griff zur Klinke und drückte zum Öffnen ihre Schulter gegen die Tür mit der Hausnummer 9.

Es roch kalt. Als sie zwei Stockwerke höher an der betreffenden Wohnungstür klingelte, hatte sie schon vergessen, wie sie heraufgekommen war. Es kam ihr vor, als würde ihr geöffnet, bevor sie geklingelt hatte.

«Guten Abend, ist das hier die Wohnung, wo sich die Legitimis- ...?»

«Grüß Gott! Keine Angst, bitte näherzutreten, wir beißen keinen. Wie war der werte Name? Aha, ja! Küss die Hand, Fräulein Bacher – Ferdinand Blawicz – hätten Sie nicht gerechnet damit, von einem jungen Herrn empfangen zu werden und nicht von einem alter Kracher, gell, von denen gibt's allerdings da drinnen genug, kleiner Scherz! Aber bitte näherzutreten, darf ich vielleicht beim Ablegen – soda – dies wäre quasi unsere Garderobe, den Regenschirm bitte hier hinein, keine Angst, bei uns kommt nichts weg. Einfach den Rauchschwaden folgen. Hoffe, Sie sind in der Beziehung nicht, wie soll ich sagen, allergisch? Hallohallo, schaut's wer da ist! Nichtsahnend mach ich die Tür auf, steht da eine schöne junge Dame, werd ich gleich nervös und fang an, kein grades Wort herauszubringen! Gell, Frau Bacher, darf ich vorstellen: unser intimer

Club. Da am Fenster, das ist der Doktor Veverka, der Herr mit dem weißen Bart der Doktor Felderer, der Jüngling inmitten – kannst ruhig aufstehen – ist der André, das wäre der Herr Sportmann, und im Eck der stille grauhaarige Herr mit dem antisemitischen Gesicht ist der Ernst Wilhelm Wuwa.»

Ein hohes Altbauzimmer, das obere Drittel mit Rauch gefüllt. Drei Fenster nebeneinander, in der Ecke Zimmerpflanzen, deren Blätter von einer Stehlampe durchleuchtet wurden. Vier Herren saßen aufgefädelt an einem nackten Holztisch. Darauf volle Aschenbecher, Weingläser und Bierflaschen. An der Wand hinter dem Tisch hing ein Porträt des Bundespräsidenten. Der einzige Nichtraucher, Doktor Veverka, saß in einem weggerückten Ledersessel nahe dem mittleren Fenster, seine Hand umfasste das Weinglas, seine Wange berührte das Fensterglas, er atmete hörbar durch die Nase. Das Fenster war geschlossen.

Der, der Blawicz hieß, war verschwunden (um Getränke zu holen, dachte sie). Nach ihm war André der Zweitjüngste, etwa fünfunddreißig. Er hatte ein fettes Gesicht und einen offenen Mund, seine Hände lagen am Revers. Das rechte Auge hatte er halb zugekniffen, als trainierte er es für ein Monokel. Da er als Einziger aufgestanden war, um der Beacher die Hand zu reichen, setzte er sich jetzt wieder. Dafür erhob sich Doktor Felderer und wies auf einen Sessel zu seiner Rechten, an der Stirnseite des Tisches. Immer noch ruhten alle Blicke auf der Besucherin. Sie entschied sich für den Blick von Doktor Felderer, setzte sich gleichzeitig mit ihm, sah ihm in die Augen und sagte: «Vielen Dank.»

Im Niedersetzen spürte sie erst Andrés Händedruck; es ging alles ein bisschen durcheinander heute.

Doktor Felderer schob sich die rechte Hand in den Bart und zwirbelte die Kinnhaare. «Das ist ja schön, einmal jemand Neues hier zu haben», sagte er. «Wir befürchten ja manchmal, auszusterben, auszutrocknen … Meine Frage wäre: Wie haben Sie denn überhaupt von dem heutigen Abend erfahren?»

«Danke. Also, ich wollte – na ja, ich war zufällig an Ihrem vorigen Veranstaltungsort im fünfzehnten Bezirk, Nähe Hütteldorfer Straße. Da hab ich den Zettel gesehen und wollte mir heute Abend einmal alles ein bisschen anhören. Wenn es recht ist.» Und als niemand antwortete, auch Doktor Felderer nicht, sagte sie: «Einen Schnupperabend!»

«Austrocknen braucht hier niemand!», sagte der mit mehreren Flaschen eintretende Ferdinand Blawicz. «Gell André! Und aussterben auch nicht. So, für die junge Dame einen weißen Spritzer, oder lieber ein Bier? Mineralwasser wäre auch noch da, und Rauchen – wie Sie sehen jederzeit, tun Sie sich keinen Zwang an!»

«Danke. Ein Spritzer ist gut. Danke.» Sie nahm dem jungen Herrn Blawicz das Glas aus der Hand, setzte es an die Lippen und trank den Männern vor. Schnupperabend!, sickerte es mit dem ersten Schluck in sie. Das dümmstmögliche Wort überhaupt! Nach dem dritten Schluck setzte sie ab und blickte wieder Doktor Felderer an. Er zwirbelte sich mit beiden Händen am Kinn. Alle zehn Finger verschwanden bis zu den Knöcheln im Bart.

«Ihr Name, entschuldigen Sie bitte, wie war er noch einmal ...»

«Beacher. Wie beachten.» Sie dachte an Zecki.

«Beachy» nannte die sie in ihrer SMS, manchmal «Bee-Gee», früher auch: «Sex on the Beach».

«Felderer. Grüß Gott.»

Wieder trat Stille ein.

«Sie wundern sich wahrscheinlich über das Porträt hinter uns, Frau Beacher», sagte Doktor Felderer, weiterzwirbelnd. «Dass wir ausgerechnet den Herrn Bundespräsidenten aufhängen. Das hat eine einfache Erklärung. Wir sind Legitimisten. Ein Legitimist –»

«Eigentlich müsste es heruntergerissen werden», unterbrach ihn Herr Sportmann, der hinter André fast verschwand und sich nun vorbeugte, um Doktor Felderer anzusehen. Er sprach Nasalbass und rauchte Zigarette im Mundstück. «Bevor du der jungen Dame jetzt lauter Unfug erzählst: Was der da angestellt hat, der obenhängende Bundesheinzi, beim Empfang zum Fünfundneunzigsten von Seiner Kaiserlichen Hoheit, dafür gehört er dreimal heruntergerissen. Wie S.K.H. da zu Gast in der Hofburg war vor drei Jahren – schon die Einladung perfid –, und unser aller Republiksoberhaupt ist sich nicht zu blöd, nachher vor der versammelten Presse zu juxen, S.K.H. hätte bei seinem Besuch keine Ansprüche auf die Arbeitszimmer in der

Hofburg erhoben – so ähnlich oder zumindest wörtlich –»

Dr. Felderer: «Aha, das ist aber eine Saufrechheit! Da wird dem Erzherzog seine Demut auch noch als Lächerlichkeit ausgelegt. Oder kannst du dir umgekehrt die Aufregung vorstellen, Sportmann, dass Kaiserliche Hoheit beim Empfang vom Heinzi – also, wenn Kaiserliche Hoheit Majestät wären selbstverständlich, legitimer Hausherr in der Hofburg, und der Heinzi als sozialistischer Parteichef oder so was käme zu ihm auf Besuch, dass Majestät da dann später vor der Presse brunzwarm vertrauliche Details von der Audienz weitergibt …?»

Herr Sportmann: «Wo wird er denn! Wo wird er denn bitte! Hätte er da doch sein Hofpresseamt dafür!»

Dr. Felderer: «Was? Ach so. Aber – zurück zum Bundespräsidenten – selbstverständlich muss der Heinzi sich die Herren von Funk und Zeitung gewogen halten, und das ist …»

Herr Sportmann: «Typisch halt. Automatismus der republikanischen Korruption eben, die scheißen alle durch dasselbe Loch – entschuldigen Sie.»

André, der dicke junge Mann, drehte seinen Kopf beim Zuhören geschmeidig von Doktor Felderer zu Herrn Sportmann, wieder zurück und schließlich zu der interessanten jungen Dame, wobei er diesen Kopf zustimmend nickend ins Doppelkinn senkte. Sein Oberkörper blieb dabei unbewegt. Die Beacher dachte an den kleinen Hund mit der Halskrause.

«Wie er da drinnen war», sprach nun André und beugte sich zu ihr, «in der Hofburg beim Bundesheinzi, erinnern Sie sich? Da trug er so ein Pflaster auf der Stirn, ein Pflaster, der Dr. Habsburg, ein großes …», und er führte seinen Zeigefinger an die eigene Stirn, wagte aber nicht, sie zu berühren – wohl, weil diese seine Stirn gerade die Stirn der Kaiserlichen Hoheit vorstellte –, ließ den Zeigefinger einen Moment in der Schwebe, bekreuzigte sich dann und steckte den Finger zurück ins Revers. Dann richtete er sein rechtes Auge direkt auf die Beacher, starrte monokelhaft, und eine Träne kam heraus. Er war sehr betrunken.

«Siehst du, das weiß ich auch aus der Presse, André. Weil die natürlich ganz hämisch seine Verletzung ins Bild gerückt hat. Darf ich nachschenken, Frau Bacher?»

Frau Bacher trank, Ferdinand Blawicz schenkte nach.

«Selbstverständlich – sein Pflaster ins Bild gerückt!» wiederholte André, schob eine Zigarette in den Mund und zündete großflammig ihr erstes Drittel an. «Weil jedes Anzeichen von Verfall am Haupt vom Dr. Habsburg ihre Republik festigen tut! Wenn sie ihn nicht ernst nehmen, ersparen sie sich, Angst vor ihm haben zu müssen, ihn als Feind zu behandeln, weil dann müssten sie ihm rechtens den Kopf abschlagen! Achtundneunzig Jahre haben die warten müssen auf erste Anzeichen von Schwäche. Seinen abgeschlagenen Kopf fotografieren, das geht halt nicht, aber wenigstens eine Schnittwunde an der Stirn, knips … ein

Triumph das. Und dann vielleicht noch eine Schnittwunde daneben, vom Rasieren wahrscheinlich, das macht ihn menschlicher, weniger kaiserlich … und noch eine, kriegt er seinen Kopf also Scheibchen für Scheibchen abgeschnitten, und sogar das muss er selber machen …»

Doktor Felderer lachte.

«Sie machen Witze über Ihren Kronprinzen», sagte die Beacher. Doktor Felderer strich sich mit zwei Fingern die grinsenden Mundwinkel und sagte: «Ja, liebes Fräulein, er ist ja nicht der Herrgott. Wenn nicht er, der sogenannte Doktor Habsburg, angestammter Herrscher wäre, wär's ein anderer. Ich bin Legitimist. Ich ehre sein Amt, aber als Mensch ist Seine Kaiserliche Hoheit genauso ein Sünder und armes Würstel wie wir alle. Ist doch schön!»

«Ach so.»

Auf dem Tisch, unter seinem Kinn, lag bereits ein kleiner Haufen herausgezwirbelter weißer Barthaare. Auch Doktor Felderer begann jetzt zu rauchen. Zwischen zwei Zügen zwirbelte er weiter, ohne die Zigarette aus der Hand zu legen. Sie wurde jedes Mal kürzer, verschwand jedes Mal tiefer im Bart.

«Aber gegen eine Monarchie hätten sie nichts einzuwenden?», fragte die Beacher.

«Überhaupt nicht, nein.» Doktor Felderer verneigte sich im Sitzen: «Sie sehen, ein erzgefährlicher Haufen von Reaktionären ist hier beisammen.»

«Sie meinen also, dass diese Welt noch mehr Hierarchie benötigt, dass die herrschende Ungerechtigkeit ...»

«Aha?» Doktor Felderer merkte auf. «Sprechen Sie weiter, bittesprechensieweiter.»

«Ist die Welt denn nicht ungerecht?»

«Sind Sie in der Lage, das zu beurteilen?»

«Ja.»

«Gut. Wir stimmen überein: Die Gaben sind ungerecht verteilt. Wenn wir nun akzeptieren, dass sich die Menschen unterscheiden, und zwar in der Verteilung der Talente, der geistigen Kräfte und so weiter, und wir sie niemals gleichmachen können, selbst wenn wir wollten – warum sparen wir die Unterscheidung der Geburt dabei aus? Warum nicht auch hier: Jeder nach seinen Möglichkeiten? Da werden Sie sagen: Weil Geburt Zufall ist. Und ich sage: Kein größerer Zufall als die Verteilung der Talente. Sie müssen dafür nicht einmal höhere Mächte bemühen, wie ich es tun würde: Ob Sie sagen, Gottesgnadentum hat den Erzherzog Otto zum angestammten Herrscher gemacht oder der reine Zufall, das ist Ihnen überlassen.»

«Gottesknabentum», schnarchte André.

«Entscheidend ist, dass Erzherzog Ottos Seele vor seiner Fleischwerdung die gleiche Chance hatte wie alle anderen, in den Körper des künftigen Kaisers zu fahren. Sie hätte auch Pech haben können. Ist das nicht Gerechtigkeit? Konsequent gedacht hat jeder mittellose Afrikaner vor seiner Empfängnis dieselbe Chance gehabt, als reicher Europäer geboren zu werden. Seine

Seele – oder nennen Sie's Bewusstsein – hatte dieselbe Chance wie Ihre, Fräulein, und wie meine, sich einen reichen, weißen, dickgefressenen, westlichen Körper als Wohnstätte zu wählen.» Doktor Felderer klopfte seinem Sitznachbarn André den Bauch, ohne hinzusehen. «Oder sogar einen Kaiser.»

«Aber es gibt doch keinen Kaiser mehr.» Sie wusste selber nicht, warum sie ständig widersprach; sie war doch hier, um zu lernen. Und natürlich, um von dem jungen Ferdinand Blawicz einen weiteren Schluck Wein zu erbitten.

«Wir können ja gerne über die Befähigung vom Erzherzog Otto diskutieren, aber dass er als Thronfolger seit dem Tod seines Vorgängers Kaiser ist, dafür kann ich nichts und dafür kann er nichts. Finden wir uns doch damit ab.»

«Vielleicht ist er – danke – ein alter Mann, der sich für den Kaiser hält?»

«Vielleicht sind Sie eine junge Frau, die ihn für nichts weiter als einen alten Mann hält? Wenn Sie bestreiten, dass Otto von Habsburg Kaiser ist, dann bestreiten Sie den Sinn des Wortes Kaiser!»

«Meimei Gott, ein Frauenarsch», schnaufte André plötzlich. Sein Kopf war auf die Sessellehne zurückgekippt, seine Augen geschlossen. «So was Schönes. Für mich unbegreiflich, dass die Frauen alle ihren eigenen Arsch mit sich herumtragen, dass die ständig alle da sind, diese Ärsche, unter ihrem Gewand ...»

Die Beacher widersprach Doktor Felderers Definition nicht. Doch summte beharrlich die Überlegung in ihrem Kopf: dass auch die englische Königin nur so lange Königin war, wie die Leute sie dafür hielten. Es war eine zwar irritierende, aber denkbare Vorstellung, die Briten könnten über Nacht damit aufhören und ihre Queen fortan nur mehr als reiche alte Dame behandeln, die sich Flausen ins Haupt gesetzt hatte; die halt ein bisschen sponn. Aber sie taten es nicht, sie waren zu höflich dafür. Das war fast Magie. Aber die Dame, mit der der Zaubertrick ausgeführt wurde, stand allein auf der Bühne – es war das Publikum, das zauberte. Und auch Otto Habsburg könnte man zum Kaiser machen: schlicht, indem man an ihn glaubte. Sie spitzte ihre Oberlippe in den Weißwein und lehnte sich beim Trinken zurück, blickte das Porträt des Bundepräsidenten an und hörte für einen Moment probehalber auf, ihn dafür zu halten. Dieser Mann stand Morgen für Morgen auf, putzte sich die Zähne und legte seinen Anzug an im Bewusstsein, der Bundespräsident zu sein. Aber war er auch Bundespräsident, wenn er gerade nicht daran dachte? Oder schlief? Und vor allem: War er es, wenn niemand anderer daran dachte?

Doktor Veverka war zwischen sie und das Porträt getreten. «Kde je záchod?», fragte er Doktor Felderer leise.

Doktor Felderer wies mit einem Fingerschnippen Richtung Eingangstür. «Vídim, to je tam kde jsou dveře …»

«Dürfen Sie nicht so ernst nehmen alles, gell», sagte der junge Herr Blawicz, der eben mit vier Bierflaschen eingetreten war und ihr wieder Weißwein nachschenkte. Der, den er Ernst Wilhelm Wuwa genannt hatte, nahm eine der Flaschen. Doktor Felderer, der schlafende André und Herr Sportmann bekamen frischen Wein nachgegossen, wobei das volle, unangetastete Glas von André überquoll, was diesen aufweckte und ihn erst schimpfen, dann sich eine neue Zigarette anzünden ließ. Er zog und schnaubte dann aus beiden seiner Mundwinkel gleichzeitig Rauch, der wie zwei weiße Stoßzähne in die Luft stieg, was seinem ins Doppelkinn gesunkenen Gesicht etwas Wildschweinhaftes verlieh. Die Zigarette machte ihn wieder munter. Er begann, auf die Besucherin einzureden.

«Das Problem, meiner Meinung nach, täte lauten: Wir haben kein fassbares Feindbild. Schauen Sie, junge Frau – ich darf doch junge Frau sagen? Wenn ein Republikaner eine Monarchie abschaffen will, dann hält er sich an den Körper des Königs. In ihm fließt zusammen, was er weghaben will – fällt der Kopf des Königs, fällt die Staatsform.»

«Jetzt verwechselst du den Privatleib des Königs mit seinem unsterblichen staatlichen», sagte Ernst Wilhelm Wuwa.

André, auf seinen Gedanken konzentriert, hörte ihn nicht und fuhr fort: «Die Republik hat auch ihre Repräsentanten. Die sind aber nicht satisfaktionsfähig. Schlagen Sie dem Bundesheinzi den Kopf ab – na und? Wählen seine Untertanen eben einen neuen. Jeder ist ersetzbar, jeder Widerstand rutscht ab an all dem Gleichen, Glatten, Gleichförmigen, Brüderlichen … Es gibt nur den Weg von der Monarchie zur Republik, einen Rückweg gibt es nicht.»

«Und Spanien?», rief Wuwa.

«Schsch-banien!», schwappte André. «Du willst Spanien! Du willst in Wien einen Bürgerkrieg, einen Faschisten an die Macht befördern und einen jungen Habsburger als Stellvertreter, der nach dessen Tod König wird!»

Ferdinand Blawicz lachte, André sagte noch ungefähr: «Gligl-glagl», und schloss wieder die Augen.

«Faschisten!», sagte Wuwa. «Schön wär's. Die gibt's hier ja nicht, nur Nationalsozialisten, proletarische, ungebildete kleine Krawallnazis … nicht einmal Austrofaschisten, eine Handvoll vielleicht …» Er hatte die Angewohnheit, beim Sprechen den Kopf hin und her zu drehen, wie André, wobei Wuwa aber die Augen immer wieder schloss, wie um sich zu sammeln – beim Wort «Krawallnazis» etwa, das ihm offenbar gewagt vorkam.

«Auf den Antisemitismus könntet ihr euch aber einigen, du und die Nazis», provozierte Doktor Felderer von der Seite.

«Ach pah! Bei mir ist das religiös bedingt.» (Augen geschlossen.) «Für einen anspruchsvollen Antisemitismus waren die Nazis doch viel zu blöd …»

«Nicht alles so ernst nehmen, gell», sagte Herr Blawicz.

Doktor Veverka kam vom Klo zurück, «... tam, kde jsou dveře ... jste moc laskavý», er setzte sich ans Fenster zurück, wieder schenkte Ferdinand Blawicz nach. André war diesmal schneller und bedeckte sein Glas mit der Hand, wurde angeschüttet und lutschte sich den Wein von den Fingern.

Inzwischen war auch Herr Sportmann betrunken und wurde immer lauter: «Was heißt da, nicht so ernst nehmen? Ich würde jeden aufrechten Arbeiter verstehen, der mich aufknüpfen will. Ich bin ja immerhin sein Klassenfeind! Aber denken Sie, der versteht das? Für den bin ich nur ein alter Depp mit Kaiserspleen! Der will mich nicht aufknüpfen, der freut sich, dass ich ihn kein Geld koste! Die Menschen sehen überhaupt nicht mehr das Abstrakte, alles wird kapitaldemokratisch eingeebnet, alle sind plötzlich Menschen, Menschen ... Dabei bin ich bekennender Reaktionär, was denn sonst, der Republik feindlich gesinnt, und ich würde, wenn ich Polizeiminister wäre, revoltierende Arbeiter sofort standrechtlich – aber gibt es überhaupt noch Arbeiter? The Great Unwashed? Und glauben Sie, meine Haltung nimmt mir jemand übel? Die politische Kaste lacht doch über mich! Dumme Buben, die den deutschen Gruß machen oder das Falsche rauchen, da schlägt der Staat sofort zu, da fühlt er sich bedroht – aber von mir? Es gibt – lassen Sie mich sagen», und hier erhob er sich, um nach wenigen Worten wieder in den Sessel zu sinken, «bekanntermaßen eine natürliche Ordnung, wonach der Monarch an der

Spitze steht und die Untertanen revoltieren ... sollen sie halt, ist ja richtig, aus ihrer Sicht ... aber wenn die Untertanen oben sind – wenn es gar kein Oben mehr gibt –, wie stellen Sie sich das vor? Wie soll das weitergehen? Permanente Revolution ist eine Sache, aber sie zu gewinnen, das ist doch Irrsinn ... Ich will bekämpft werden, ich weiß doch, wer ich bin, ich habe ein Klassenbewusstsein! Ich bin der letzte Mensch mit einem Klassenbewusstsein, neben Fidel Castro vielleicht, unter lauter grauen, angepassten Angestelltenexistenzen – nichts für ungut, junge Frau –, die sich nicht mehr dafür interessieren, wo oben und unten ist, für die ein politischer Standpunkt eine Geschmacksfrage ist und der Wahlzettel eine Speisekarte: Worauf haben wir heute Appetit? Rot, Schwarz, Grün? Früher hat wenigstens das Sein das Bewusstsein bestimmt, heute: Bewusstlosigkeit. Der Einzige, dem seine politische Meinung nicht zu nehmen ist, ist S. K. H., der Monarch, der seine Überzeugung nicht ändern kann, ohne sich selbst abzuschaffen ...»

«Ja, aber gönn ihnen doch, dass sie dich auslachen!», unterbrach ihn endlich Doktor Felderer. «Ist doch besser, für Kasperln gehalten zu werden! Stell dir vor, sie würden uns plötzlich ernst nehmen, uns bekämpfen – oder schlimmer, uns Zugeständnisse machen! Meinst du nicht, das würde uns korrumpieren? Wenn auch wir unsere Posten in der Bundesregierung hätten? Ob wir nicht sofort mitschwimmen würden in ihrem großen, großkoalitionären, sozialpartnerschaftlichen Brei? Dann lieber auslachen lassen, das macht uns subversiv ...»

«Ich bin nicht subversiv! Ich bin reaktionär! Ich bin die Mehrheit!», rief Sportmann.

«Ja, das weiß die Mehrheit aber noch nicht ... du musst ihr Zeit geben, das zu kapieren ... neunzig Jahre Republik ist doch ein Wimpernzwinkern gegen sechshundert Jahre Habsburg ... und bis sie das verstehen, müssen wir ihre Gewissheiten in Frage stellen ... so wie sie es vor neunzig Jahren mit unseren Gewissheiten gemacht haben ...»

Eine Weile ging es um die Frage, ob ein Kaiser Otto sich mit dem Dritten Reich arrangiert hätte: Herr Sportmann und der wiedererwachte André bestritten es und mutmaßten seinen Kriegseintritt an der Seite der Alliierten, Ernst Wilhelm Wuwa war der Meinung, die Habsburger hätten «schon früher kein Problem gehabt, den verabscheuten Bonaparte, den sie im Feld nicht besiegen konnten», durch «Heiratspolitik zu neutralisieren», sogar «der Heilige Stuhl hat nur hundert Jahre gebraucht, um einen Bonaparte-Prinzen als albanischen König installieren zu wollen», und so wäre auch für den Führer gewiss beizeiten «ein Habsburgtöchterl abgefallen», um ihm «ein kleines Hitlerkind» zu gebären, das heute «in einem geheimen Zimmer in Schloss Schönbrunn» versteckt gehalten würde. «Das wäre was für einen modernen Stefan Zweig gewesen! Zu erzählen, wie die unschuldige Schwester von Kaiser Otto in einem plombierten Eisenbahnwaggon nach Berlin verschickt wird, eine Huldigungsadresse des Bruders im Beutel, der nervöse Reichskanzler mit Frack und Zylinder wartet auf dem Berliner Hauptbahnhof ...»

Dann kam die Diskussion ins Stocken, weil Herrn Sportmann und Doktor Felderer die Zigaretten ausgingen.

Doktor Felderer beschäftigte seine Hände einige Minuten damit, den großen Haufen weißer Barthaare, der sich vor ihm auf dem Tisch plusterte, von links nach rechts zu wischen, dann suchte er in der Brusttasche des wieder eingeschlafenen André nach Zigaretten; schließlich bot die Beacher an, zum Automaten zu gehen. Der junge Herr Blawicz begleitete sie. Sein Bier nahm er mit.

«Haben Sie den Lift schon ausprobiert? Ein Unikat hier in diesem Haus, passen Sie auf!» Er drückte im dunklen Korridor einen Leuchtknopf. Weiter oben im Stiegenhaus klickte etwas, dann quietschten Drahtseile. «Mit Spiegel und Fußschemel, ganz in Rot, aus Samt! Und die Namen der allerersten Mieter stehen immer noch drin auf der Tafel, obwohl die alle schon tot sind selbstverständlich.»

Das Quietschen verstummte über ihnen. Ferdinand Blawicz räusperte sich. «Manchmal hat er natürlich seine Mucken, jetzt ist er im oberen Stockwerk stecken geblieben. Müssen wir raufgehen zum Runterfahren.»

Nach einigen Stufen merkte sie, wie ihr schlecht

wurde. Gestützt auf den jungen Herrn Blawicz, schleppte sie sich aus dem Haus.

«Nicht alles so ernst nehmen, gell! Die frische Luft wird Sie aufrichten, Fräulein Bacher, ist schon ein bisschen arg viel Zigarettenduft bei uns, der Doktor Veverka speit sich auch jedes Mal fast an. Besser Sie gehen gleich nach Hause, ich grüße die anderen recht herzlich von Ihnen, hat uns jedenfalls gefreut, dass Sie da waren, gerne wieder! Und schauen Sie, wer da auf Sie wartet, na, da werden Sie bestimmt gut zur Straßenbahn finden mit einem so einem braven Begleiter ...»

Der Menschenhund.

Drittes Kapitel

Frühstück. Ein Ohrwurm

Sie erwachte mit

- einer monarchistischen These, die ihr auf dem Heimweg gekommen war und die nun bunt und schlingernd wie ein Ringelspiel durch ihr Gehirn kreiste,
- dem dazu passenden Ohrwurm, der die Pferdchen auf- und niedersteigen ließ, und
- einem kleinen Kater.

Edith und Robert waren schon aus der Wohnung. Der Fuß tat nicht mehr weh, sie merkte es im Munterwerden; streckte ihn aus dem Bett (das Thesenringelspiel verblasste, der Ohrwurm blieb), drückte die Ferse gegen die Wand, danach den Ballen, bog den Fuß nach links und nach rechts, aber es war kein Schmerz mehr darin. Wenigstens fühlte sie sich müde, nachdem sie gestern lange nicht eingeschlafen war. Etwas war da falsch konstruiert, überlegte sie, man ging mit den elastischen Tagesknochen ins Bett, mit den schweren Nachtknochen erwachte man – konnte das nicht irgendjemand umdrehen? Aber ihr Fuß, der war wieder schmerzlos.

Und wem der Fuß leer ist, dem geht das Herz über: Sofort sehnte sie sich nach gestern, nach der Bank im Volksgarten, der Amsel, dem Café, in dem sie vor dem Monarchistentreffen ein Ei im Glas gegessen hatte; war das lange her … Eine einzige dieser kostbaren freien Stunden wünschte sie sich jetzt zurück; nur eine Stunde, an deren Ende nicht das Büro wartete, sondern – nein, Augenblick, eine Stunde genügte nicht, sie brauchte die Ewigkeit eines freien Tages; eine immer wieder sich erneuernde freie Stunde, und das Wissen, dass sich alles immer noch ein Stück hinausschieben ließ, bis zum Einschlafen wenigstens …

Sie blieb im Bett liegen, wie aufgebahrt, starrte die Bücher im Regal an, eins nach dem anderen; ließ ihren Blick wie das Bällchen einer Sing-along-Version von Buch zu Buch hüpfen. Schließlich schob sie sich die Brille ins Gesicht und stand auf. Wenn sie den Schmerz, der in ihrem Fuß versickert war, noch einmal hervorlocken wollte, musste sie es ihm so angenehm wie möglich machen. Behutsam tastete sie sich ins Badezimmer, den Fuß eher vor sich hertragend als ihn benutzend, fern drehte sich das farbige Ringelspiel zur Melodie des Ohrwurms, tadam-tadam, tadam-tadamda-damm-damm … was das war, irgendetwas von Brecht, Dreigroschenoper, «John war darun-, -ter und Jim war dabei-ei», nein, das passte nicht. Vor dem Badezimmerspiegel stehend, machte sie einen Buckel und suchte an der rechten Schläfe nach einem weißen Haar, fand aber keins.

Das Duschwasser fiel auf sie herunter – padam-padam, padam-padampa-damm-damm, vielleicht der alte Drehorgelverdi?, – der Ohrwurm sang, der Fuß blieb stumm, sie presste vorm Wasser die Augen zu und dachte an den Regenschirm, den ihr der junge Herr Blawicz abgenommen hatte und der noch im Monarchistenhaus hing.

«Di quella pi-, -ra é horrendo fo-co
la donne mo-, -bil-e (tadam-tadam!)
calzone cinquecento e-co Berlus-co-ni
di bella fi-gl-i-a, é di a-mor!»

Blind vor Schaum, auf dem gesunden Bein balancierend, seifte sie das verstauchte ein: den Oberschenkel, die Wade, den Rist, die Zehen, die Zehenzwischenräume, die Sohle. Dann das gesunde, mit beiden Händen; ohne zu schwanken, stand sie auf dem vormals kaputten, das jetzt hartnäckig schmerzlos blieb. Einmal kippte sie leicht nach links und berührte mit der Schulter die Fliesenwand. Padam-padam, padam-padampa-damm-damm usw.: Sie schmierte sich rhythmisch mit Duschgel ein. Als die Brüste drankamen, stöhnte sie, einen Porno parodierend, den sie auf Roberts Laptop gefunden hatte: «Oh Robert, mh, give it to me, yeah!», dann pfiff sie weiter.

Blinkend und unversehrt stieg sie aus der Dusche. Sie war jung und gesund und konnte auf kein Mitleid hoffen.

Erst auf dem Bett, beim Schneiden der Zehennägel, krümmte sie sich und merkte, wie sie außer Atem kam. Au, die Lunge, dachte sie. Immerhin fürs Zehennägelschneiden schien sie zu alt zu sein.

Wie kam es, dass sie von allen anderen Menschen den Eindruck hatte, diese würden so exakt in ihr jeweiliges Leben passen wie ein ausgestanztes Puzzleteil? An der Straßenbahnhaltestelle stand ein älterer Mann, suchte mit spitzen Fingern in der Bücherkiste eines Antiquariats und gehörte genau da hin. Welches Buch er länger ansah, welches er übersprang: Alles an ihm stimmte. Ihn betrachtend hatte sie mehrmals das Gefühl, die nächste Sekunde zu erraten; bei jeder Bewegung, die er machte, spürte sie deutlich, wie sie zur vorigen passte. Er leckte einen Finger ab – sie hatte es geahnt. Er zahlte. Bravo, genau zum richtigen Zeitpunkt! Er schob sein Buch in die Manteltasche und stellte sich neben sie. Sie pfiff ihren Ohrwurm, er lächelte, als er es hörte.

Wie jedes andere Leben schien auch das dieses Mannes in drei Sätzen erzählbar, genau für ihn gemacht; nichts leichter, als er zu sein. Sie stellte sich vor, sein Leben zu übernehmen, und wie er sie als Nachfolgerin einsetzte: An seiner Wohnungstür begrüßte er sie, führte sie durch die Zimmer, zeigte ihr, wo das Besteck lag, welche Zahlscheine an welchem Tag auszufüllen wären, welcher ihrer zukünftigen Körperteile ihr zu welcher Tageszeit wehtun würde, wo das Grab ihrer verstorbenen Gattin war und wie oft sie es besuchen musste.

Sie blieb immer wieder stehen und machte sich Notizen. «Das schaffe ich. Und ihr Innenleben? Woran denken Sie den ganzen Tag?»

«Muss ich das denn auch angeben? Das ist mir ein bisschen peinlich ... also, bitte. Heute beim Aufstehen zum Beispiel, da habe ich an einen lieben Hund gedacht, den Beffi. Das war der Jagdhund, mit dem ich aufgewachsen bin, lang schon tot. Manchmal habe ich noch seinen Geruch in der Nase. Er hat ausgesehen wie ein verkleideter Mensch ...»

Nein, es war unmöglich, sich die innere Tiefe eines anderen vorzustellen. Das Leben dieses Mannes schien ihr sehr, sehr unbedeutend. Müsste sie es führen, sie würde sehr leichtsinnig damit umgehen. Das wusste sie. Immer würde ihr das Leben von Vera Beacher als das richtige vorkommen. Der einzige Vorteil, dieser Mann zu sein, läge darin, das Leben von Vera Beacher aufzusparen.

Ring-ding, die Bim. Beim Einsteigen zwinkerte er ihr mit beiden Augen zu, beim Aussteigen hörte sie ihn ihren Ohrwurm pfeifen.

«Na ja», plauderte sie, jetzt allein im Waggon, mit sich selbst, «das ist eben die Macht der Musik. Die Macht der schlechten Musik. Irgendeine Operettenzigeunermelodie, zwei Akkorde, und das arme Herz fühlt sich sofort erhoben, weil das Gehirn Pause hat. Irgendein Trick muss dabei sein.» Sie schlürfte, da nun wieder jemand einstieg, ihre lauten Gedanken in sich hinein, und bewegte noch ein paarmal stumm die Lippen. Wie gestern versäumte sie es auszusteigen, wollte erst eine Station zurückgehen, blieb dann aber bis zur Haltestelle Doktor-Karl-Renner-Ring sitzen.

Sie merkte, dass sie Appetit hatte, und wie immer, wenn ihr Magen leer war, begann ihr Kopf zu arbeiten: Das Gehirn knurrte schon seit dem Aufstehen, der Gedankensaft gluckerte und zerschmolz ein Problem (die musikalische Frage) in kleine, hirngerechte Stücke. Sie brauchte ein Frühstück. Bevor sie ins Büro ging, musste sie sich etwas in den Kopf essen.

Tadam-tadam, tadam-tadam-tadamm-damm, pfiff sie auf dem Weg ins Café, «tadamm-tadamm, und unsre reiten mit» murmelnd. Ohne darauf zu achten, war sie auf die Böhm-Ermolli-Straße gelangt. Sie hatte geahnt, dass es in der Nähe des Monarchistenhauses ein Café gab, und wie zur Bestätigung lag eines genau gegenüber. Es war ein verrauchtes, aber helles Beisl mit Marmortischchen, durchgesessenen Bänken, einem Eckfernseher ohne Ton und einem einzelnen Kellner – sie bestellte eine Eierspeise «von» drei Eiern (so stand es auf der Karte), eine Melange, und besah sich das Monarchistenhaus durchs Fenster. Dort oben ist der Doktor Veverka gesessen, dachte sie kauend, und das muss das Klofenster sein ... Ein Gründerzeitbau, vierstöckig, diesmal ohne Sexshop oder Internetladen. Zweifellos: So musste man wohnen, wenn man Monarchist war. Sonnenlicht staubte herein, ihr Blick brach sich an ihrem Spiegelbild im Fensterglas, sie nahm wieder einen Bissen und betrachtete jetzt erst die schon halb gegessene Eierspeise. Die ersten beiden Eier waren gelb verquirlt, das dritte lag obenauf, zum Spiegelei erstarrt. Als hätte es der Koch vergessen und erst viel zu spät in eine viel zu heiße Pfanne geschlagen.

«Das Angenehme am Essen:», plätscherte es durch ihren Kopf, während sie mit halbem Auge einer Kochsendung im Eckfernseher folgte, «Egal, wie es aussieht, man weiß genau, was man zu tun hat. Ein selbstzubereitetes Rätsel, das sich sehr leicht lösen lässt: Anstatt die einzelnen Bestandteile zu identifizieren oder gar voneinander zu trennen, vernichtet man das Ganze. Das gordische Ei ...»

«Na wenn das keine Überraschung ist. Guten Morgen, guten Morgen! Das Fräulein Bacher, habe die Ehre, ein Katerfrühstück für die Dame? Wünsche wohl zu speisen, guten Appetit!»

«Guten Morgen, so was – der junge Herr Blawicz!»

«Der junge Herr Blawicz» – genau so hatte sie ihn gerade genannt. Blut sickerte ihr in die Wangen. Der Jungmonarchist blieb stehen, sie bot ihm mit einer Handbewegung Platz an.

«Bin auch gleich wieder weg, muss in die Vorlesung, nur einen Mokka vor dem Tagewerk gell, quasi mein Stammcafé, das Café Semmerl. Freut mich, Sie wieder wohlauf zu sehen, gestern war's ja ein bissi öha – heute geht's aber wieder, nicht wahr? Hat's Ihnen denn gefallen überhaupt?»

Sie ließ ihre letzten drei Bissen noch liegen, um stochern zu können. Ihre Wangen fühlten sich immer noch rot an, dabei fand sie den jungen Herrn Blawicz gar nicht ansehnlich. Merkwürdig.

«Wie gesagt: Guten Morgen!» Sie war aus dem Takt. «Ja, danke für gestern, es hat mich sehr interessiert, das. Ich bin ja ohne viel Vorkenntnisse hineingeraten in Sie, in Ihre Runde, ich habe mir nicht so sehr viel vorstellen können unter Monarchismus, meine Erfahrungen beschränken sich ja da auf Sissifilme – immerhin alle drei, da war ich ein Riesenfan als Kind, ich habe die mit meiner älteren Schwester auswendig –»

Was war denn das für eine Mädchenscheiße, und eine gelogene noch dazu! Sie ballte die Faust um die Gabel.

Der junge Herr Blawicz nickte heftig. «Der Erzherzog Otto liebt diese Filme auch sehr! Monarchie lebt ja von Repräsentanz. Krönungen, Begräbnisse, Märchenhochzeiten geben ihr die Form. Wie praktisch sind da solche Filme, für die kein Mitglied des Königshauses eigens heiraten oder sterben muss, die man also nur einmal pro Jahr auszustrahlen braucht, um die Herzen der Völker zu rühren. Zu Weihnachten, Fräulein Bacher …»

«… ein furchtbarer Kitsch natürlich, aus heutiger Sicht», erklärte das Fräulein Bacher gleichzeitig, ungefähr auf «Erzherzog Otto liebt diese Filme» antwortend. «Als Kind merkt man ja nicht, was für eine schlechte Schauspielerin Romy Schneider ist. Mit der

Realität hat das alles selbstverständlich nichts zu tun, mit diesen gestern besprochenen welthistorischen Grausamkeiten. Dass ein Monarch der Kopf des Staates ist und bei Verlust der Staatsform diesen Kopf auch verlieren muss – das hat mich sehr interessiert, dass also eine Monarchie den vollen Körpereinsatz fordert, wie der Doktor Sportmann gestern –»

«Kein Doktor», sagte Blawicz sanft.

«– so wie ja auch Kaiserin Elisabeth, wenn es korrekt hergehen würde, am Ende des Films eine Feile ins Herz bekommen müsste, was die süße Romy natürlich nicht spielen darf, weil ...»

«Ja aber Augenblick!», unterbrach der junge Herr Blawicz. «Warum denn gerade den schrecklichsten Moment herausgreifen für das Publikum? Wo Elisabeth doch zuvor friedlich sechzig Jahre gelebt und gewirkt hat – das ist ja fürs Volk, solche Streifen, wie Sie ganz richtig bemerkt haben, unter uns: Edelpropaganda – da muss doch etwas gezeigt werden, was ins Herz –»

«– und ich glaube, dass gerade dieser tödliche Moment mit der Feile, in dem es um alles geht, um den erwähnten Körpereinsatz etcetera, dass der viel tiefer ins Herz ...»

«Entschuldigen vielmals, Fräulein Bacher, aber ob so ein Moment wirklich etwas fürs Herz ist, das ...»

Eine Gesprächspause tat sich auf. Der junge Herr Blawicz schaute lange auf seine Armbanduhr. Die Beacher merkte, dass sie ihre Gabel erhoben hatte, und war froh, sich mit der kalten Eierspeise beschäftigen zu können. Zerstreut summte sie beim Kauen ihren Ohrwurm, hm-hmm hm-hmmmm, hm-hmmm …, was den Kellner anlockte. Herr Blawicz ließ sich von ihm duzen, zahlte für beide und half ihr in den Mantel.

«Am letzten Aprilwochenende machen wir einen Ausflug, möchten Sie uns nicht begleiten?», fragte er, die Kaffeehaustür aufhaltend. Als Antwort hob sie den Daumen (sie war immer noch aus dem Takt), der junge Herr Blawicz notierte seine Telefonnummer auf die Rückseite seiner Visitenkarte, wobei er die Karte mit zwei Fingern gegen die Fensterscheibe des Kaffeehauses drückte und, vielleicht einem Bedürfnis nach Vollständigkeit folgend, auch seinen Namen und seine Adresse dazuschrieb, sie gaben sich die Hände. Sie sah ihm nach, im Weggehen setzte er einen Hut auf. Undeutlich und bunt schlingernd, begann sich das beim Duschen verblasste Thesenkarussell wieder zu drehen, und bei jeder Umdrehung klang der Ohrwurm dazu prächtiger.

War sie denn nun eine Monarchistin? Niemand hatte sie formell dazu erklärt. Wenn sie ihre bevorzugten Meinungen und Reflexe zu politischen Fragen erwog, empfand sie sich als relativ weit links, aber das hatte nichts zu sagen: War doch ihre neuentdeckte Neigung ideologisch ungefestigt, vulgärmonarchistisch vielleicht. Was sie interessierte, war der Grundton einer Zeit, die Tapete im Hintergrund, die nicht auffiel, egal, wie sie gefärbt war (in ihrem Fall ein schwarz-gelber

Gobelin mit Krönchenmuster). Ihr Gehirn, mit Eierspeise gefüttert, begann zu verdauen. Sie spürte, wie ihr satter Geist träge wurde: Die Po-se des Monarchisten einzuneh-men, dachte sie, mehrmals aufstoßend, ist wenigstens auf eine frivole Art interessant … andere gehen Bungeespringen, um sich auszuprobieren, oder auf Mittelaltermärkte, das ist auch nicht blöder … Oder auch nicht klüger? Und sie heiraten, wie Zecki. Alles nur, weil sie andere Menschen werden wollen. Nur weg von sich selbst. Nur nicht jeden Tag ins Büro. (Sie bekam Schluckauf.) Wozu auch ins Büro, wenn es so erhebend war, hier auf dem Heldenplatz zu stehen, wo der Kaiser mit seiner goldenen Kutsche vorfährt, wenn er Geburtstag hat … Sie rechnete: Der nächste würde der neunundneunzigste sein. Dann wird er wieder herauswinken, wie in jedem Jahr seit seiner Krönung 1930, in der weißen Uniform mit der schwarzgelben Schärpe – der Kaiser, dessen Person die Essenz des Landes ist. In dessen weitem Blick sich jeder Bürger gespiegelt sieht (und ihre Gedanken wurden hier so schläfrig-schlapp, dass sie sich in die Person Doktor Felderers hineinphantasierte, um deren Dürftigkeit zu rechtfertigen): Die Winkhand des Kaisers, dachte sie, ist müde geworden … zwischen den einzelnen Grüßen legt er sie auf dem Griff seines Gehstocks ab. Wie viele Menschen ihn im Laufe seines Lebens gesehen haben?

Dort, am Sockel des Erzherzog-Karl-Denkmals, war sie selbst als Zehnjährige gesessen, hatte über die Leute hinweggeschaut, in die Kutsche hinein und von schräg oben auf die Glatze der Majestät. Damals war der Kaiser ausgestiegen, um die Blumen der Kinderhuldigung entgegenzunehmen. Es war bekannt, dass er gerne mit seinen Besuchern plauderte. Er sprach sie auf Deutsch an, hörte und redete aber auch gern Tschechisch oder Ungarisch, weshalb der Hof an solchen Festtagen diskret junge Ungarinnen und Böhminnen ins Publikum mischte, an denen der Kaiser üben konnte. In den letzten Jahren waren dies immer dieselben zehn Damen gewesen … Sie alterten mit ihm, sie hatten ihm schon hundertmal und öfter ihre Antworten gegeben, und manch eine machte sich den Spaß, abwechselnd Ungarisch und Tschechisch zu sprechen. Vor Jahrzehnten, als er noch ein scharfes Auge hatte und sich Gesichter merken konnte, war ihm das manchmal noch aufgefallen. Sein Stutzen an einem der Geburtstage, vor vielen Jahren, und seine Frage, «Verzeihen S', Fräulein – kennen wir uns nicht?» hatte zum Rücktritt des Oberhofmeisters geführt. Die entsprechende Dame war ausgetauscht worden, denn Verwirrung war nicht gewünscht. In der Regel kam das Gespräch mit dem Kaiser über zwei Fragen nicht hinaus: «Woher kommen Sie?» und «Was gibt es heute bei Ihnen zu Mittag?» Zwei Fragen, die für den populären Witz verantwortlich waren, wonach der Kaiser gar nicht der Kaiser sei, sondern als verdeckter Ermittler für die Kriminalpolizei arbeite …

In Wahrheit, dachte die Beacher beim Durchschreiten des Heldentores, waren die zwei Fragen das Ergebnis jahrzehntelanger, immer verfeinerter Versuche des Hofprotokolls, dem Kaiser knappe, aber persönliche Antworten aus dem Volk zu bescheren. Denn wie sein Urgroßonkel Franz Joseph I., der am Ende seines Lebens nur noch einen einzigen Satz immer wieder öffentlich äußerte – «Es war sehr schön, es hat mich sehr gefreut» –, verließ sich auch der gegenwärtige Monarch auf erprobte diplomatische Regeln. Die beiden Urfragen von 1930 hatten noch «Woher kommen Sie?» und «Wie geht es Ihnen?» gelautet, und die erste Frage hatte sich ja auch bewährt. Mit der zweiten jedoch gab es bald Schwierigkeiten: Mancher Untertan nutzte sie, um Seiner Majestät ausführlich private Sorgen darzulegen und, unangenehmer noch, Probleme mit den Behörden. 1957 überarbeitete der Hof deshalb die zwei Fragen und schlug «Woher kommen Sie?» und «Wie gefällt Ihnen die Veranstaltung?» vor. Dass auch diese neue zweite Frage überarbeitet werden musste, wurde 1994 klar, am zweiundachtzigsten Geburtstag des Kaisers, als eine Besucherin in ihrer Antwort das habsburgische Hofzeremoniell als «zastaralý» und «zkostnatělý» bezeichnete, was einen weiteren Oberhofmeister zum Rücktritt zwang – zumal die Besucherin, eine gewisse Mazičová, eine der vom Hof eingeschleusten Böhminnen war ... (die ihre kritische Antwort nur gewagt hatte, weil sie wusste, dass das Tschechisch Seiner Majestät im Alter sehr schlecht geworden war und er kaum etwas von den Antworten verstand, die seine Gesprächspartnerinnen ihm gaben).

Den Ohrwurm weiterpfeifend – er hatte etwas Marschartiges, passte gut zum Kaisergeburtstag –, stieg die Beacher am Doktor-Karl-Renner-Ring in die Straßenbahn. Beim Hinsetzen sah sie aufs Handy: vierzehn Uhr zweiunddreißig. Immer zu spät dran, dachte sie. Es zahlte sich nicht mehr aus, noch ins Büro zu fahren. Sie wollte Herrn Fronleitner anrufen. Der Handyspeicher war voll, sie suchte nach der letzten SMS, um sie zu löschen, und fand die Nachricht von Zecki:

«hey beachy!halt dich fest,es wird geheiratet!
thomas hat mir gestern den antrag gemacht–und
ICH hätte DICH gerne als TRAUZEUGIN!bitte
antworte mit JA!liebesgrüsse bis dahin:Z.»

Sie drückte ihren Rücken gegen die Holzlehne und schloss die Augen. Habsburgs Glanz zerstob. Die Straßenbahn fuhr los. Zeugin, ohne es zu wissen, dachte sie. Ja, das hätte ich früher merken können, jeder andere hätte das früher gemerkt! War ihr Zeckis Verhalten beim Telefonat nicht seltsam erschienen? War es nicht ein bisschen viel um sie, um Beachy, gegangen? Hatte Zecki nicht davon gesprochen, dass sie beim ersten Treffen gar nicht dabei sein würde? Hatte es die Beacher nicht längst geahnt, irgendwo in einem staubigen Eck ihres Hirns? Sie hatte das Gefühl, dass nur eine Winzigkeit gefehlt hatte, um draufzukommen; dass sie nur fünfzehn Minuten hätte nachdenken müssen über alles, was ungereimt gewesen war – aber stattdessen ging sie lieber zu Monarchistentreffen oder trieb sich in Cafés herum … Die leicht lösbare Eierspeise fiel ihr ein. War es denn das erste Mal gewesen, dass sie etwas zu spät durchschaute? Ach wo. Ihr Leben lang schob sie schon einen Riesenberg von undurchdachten Erfahrungen vor sich her, und jedes Mal, wenn sie in einer Situation zu langsam reagierte, wurde dieser Berg größer. Jedes Mal, wenn sie die zehn Minuten nicht fand, nachzudenken … er wuchs empor, dieser Berg, Hunderttausende Brocken uraltes Geröll, die sie nie fertigbedacht und nie richtig verstanden hatte, kamen ins Rutschen, aperten ihr entgegen, begruben sie mitsamt der Straßenbahn unter sich …

Ja, wenn sie doch im Rollstuhl säße – einmal Aussetzen, alles aussitzen, einmal richtig über alles nachdenken.

Tadamm-tadamm, in uns'rem Geiste mit! Sie summte es beim Türaufsperren, müde, aber froh, zu Hause zu sein. Robert lag auf dem Bett. Als sie ihn sah, vergaß sie für Sekunden ihre Trauzeugensorgen. Er spielte auf seinem Handy. Neben ihm lag Edith auf dem Bauch und schaute strickend in den Fernseher.

«Schon zurück?», fragte die Schwester.

«Ja, ich war gar nicht arbeiten. Der Fuß.»

Robert sah auf. «Du Arme!»

«Geht schon. Hab ich übrigens erzählt, dass die Elisabeth Zeckbauer heiratet?»

«Ah so? Vielleicht heirate ich auch einmal», antwortete Robert und schaffte es, zu beiden Schwestern gleichzeitig hinzugrinsen. Edith rollte sich auf die Seite und haute ihm auf den Oberschenkel. Was er, wie die jüngere Beacher fand, auch verdient hatte.

Viertes Kapitel

Per Arschloch. Das Trottelsackerl platzt

Im Büro.

Die Milch war wieder aus, als sie am Freitagmorgen in der Kaffeeküche stand, eine halbe Stunde zu früh, und die sechs kleinen, aneinandergeschweißten Plastikbecher betrachtete, die alle leer waren und mit angerissenen weißen Deckelchen im Kühlschrank lagen. Schief stand sie da, Mund und Jacke offen und die Hände hinter dem Rücken. (Sie hatte beim Frühstück eine Folge «Columbo» gesehen.) Nach kurzer Selbstversunkenheit nahm sie die Milchbecher heraus und zählte sie. Herr Blawicz, Herr Wuwa, Doktor Felderer – Doktor Veverka, der junge André, Herr Sportmann. Sechs Stück. In André war noch Milch, sie drückte ihm mit dem Daumen den Deckel ein und tropfte sie in ihren Kaffee. Blies nach, damit sich die Flüssigkeiten vermischten, trug die leeren Plastikbecher in ihr Büro und schob sie in ihre Schublade.

Der Kaffeefilter, der ihr beim Telefonat mit Zecki als Notizzettel gedient hatte, lag darin. Sie zog ihn heraus und las die Namen hinter den Telefonnummern.

Anna Sperber
Miriam Tschendl
Anna Traisenbacher
Felice Krott
Waldrada Gruber

«Mach, du Trauzeugin», sagte sie zu sich und formulierte eine SMS des Inhalts, sich zur Planung des Polterabends am nächsten Dienstag zu treffen. Als sie den Text an die vierte Nummer schickte, piepste bereits die erste Antwortnachricht:

«HALLO! WAR NICHT DER 1. MAI ABGEMACHT? LG, MIRI».

«Stimmt», antwortete die Beacher laut.

Sie schrieb eine korrigierende SMS, es piepste noch zweimal:

«Dienstag klingt hübsch. Wo? F.»

«Liebe Vera! War nicht der 1. 5. im Gespräch? Di. ist ganz schlecht (Vertreterkonferenz). Alles Liebe, Waldrada».

Sie hielt inne, versuchte, sich zu sammeln, verschob dann das Handy an das äußerste Eck des Tisches und die weitere Koordinationsarbeit auf später. Mit den Füßen stieß sie sich vom Schreibtisch ab und rollte ihren Bürostuhl ans Fenster. Unten rannten Menschen vorbei, alle von links nach rechts. Erst waren es zwei junge Anzugträger, dann ein Schulkind mit einem riesigen Rucksack, dessen Gewicht es bei jedem seiner schnellen Schritte nach der einen oder anderen Seite ausscheren ließ. Jemand wich dem Schulkind aus. Es war der Trottel. Sie sah die Straßenbahn vorbeifahren, die an der Ecke ihre Station hatte – sie war es, der die Menschen nachrannten. Ring-Ding, die Bim, dachte sie und wettete mit sich selbst, ob es das Schulkind noch schaffen würde.

«Guten Morgen, Arschloch!»

Jemand hatte aus dem Flur im Vorbeigehen hereingegrüßt. Sie fror am Fensterbrett fest. Der Wille zur Empörung durchschoss sie, aber leider – ein altes Schuldgefühl – empfand sie Beschimpfungen in der ersten Sekunde immer als gerechtfertigt. Der erschrockene Herr Fronleitner erschien in der Tür.

«Bitte entschuldigen Sie, Frau Magister, ich habe Sie verwechselt. Schön, dass Sie wieder gesund sind!»

«Guten Morgen.»

«Wenn Sie Ihren jungen Kollegen sehen, den … also … Vielleicht wollen Sie ihm ja etwas ausrich-, oder nein, egal, ich komme später auf ihn zu. Also, die Arbeit ruft, entschuldigen Sie bitte herzlich, noch einmal … und gute Besserung! Ah, Blödsinn, bis später!»

Sie hatte das Handy mit aufs Klo genommen, aber für eine neue SMS klopfte ihr Herz zu stark. Der Herr Fronleitner nennt den Trottel also Arschloch, dachte sie, die Ellbogen auf die Knie gestützt. Womit hatte er das verdient? Noch immer spürte sie das Blut in ihrem Kopf, weil sie statt des Trottels beschimpft worden war;

noch immer fragte sie sich, wie der Fronleitner dazu kam. Ernst konnte er es nicht gemeint haben, denn der Ton war freundlich gewesen. Gab es das: Menschen, die ihre Freunde beleidigten? Ja, die gab's: autoritäre, schwankende Charaktere, die sich außerhalb ihrer Deckung unwohl fühlten. Für solche Menschen war Unverschämtheit ein Ausdruck von Intimität, sie wollten zeigen, wie eng sie mit jemandem befreundet waren: so eng nämlich, dass selbst Beleidigungen nicht verletzen konnten. Einmal aus ihrer ängstlichen Hut gekommen, rückten sie dem neugewonnenen Freund aufdringlich nahe, empfanden ihn fast als Teil ihrer selbst und sagten ihm also «Arschloch» nur als erweiterte Selbstkritik («ach, ich Depp!», «oh, du Arschloch!»). Jawohl, nickte sie der Klotür zu, «Arschloch» bedeutet hier: «mein Lieber». Ein Wort von Doktor Veverka musste man erst aus dem Tschechischen übersetzen – niemand würde es für bösartig halten, nur, weil man es nicht gleich verstand –, und genauso war im Falle Herrn Fronleitners eine Übersetzung aus dem Unhöflichen nötig.

Blieb die Frage, wie der Fronleitner und der Trottel einander in zwei Tagen so nahegekommen waren, um per Arschloch zu verkehren. Es musste damit zu tun haben, dass sie ungestört gewesen waren. Schließlich hatte sich die Kollegin Beacher im Krankenstand befunden.

Einzelteile isolieren, zueinander in Beziehung setzen, Rätsel auflösen: So geht das, dachte sie. Eine Erfahrung gründlich zu durchdenken war kein Problem, wenn man als Erste im Büro war. Froh und stolz war sie über ihre neue Pünktlichkeit. Der Monarchismus hatte in ihr zu arbeiten begonnen, ihren Charakter entschlampt, gestrafft, geschlichtet, auch wenn sie vermutlich immer noch drei, vier Stunden länger schlief und später aufstand als der gute, alte Herr in Schönbrunn ...

Als sie zurückkam, saß der Trottel schon an seinem Platz. Vom Glück, früh aufzustehen, wusste er nichts. Mitfühlend überblickte sie von der Tür aus seinen Schreibtisch: eine Thermoskanne, ein Buch, seine Kopfhörer samt Kassettenrecorder, zwei hartgekochte Eier. Er selbst hatte die Augen geschlossen, die Kopfhörer über die Ohren geschoben und hörte zurückgelehnt Musik. Seine Hände dirigierten dazu, ohne Beteiligung der Arme, die starr auf der Schreibtischkante lagen. Er will, dachte sie, nicht den Eindruck erwecken, die Musik würde ihn allzu sehr mitreißen oder von der Arbeit abhalten. Als er die Augen wieder öffnete, saß sie ihm bereits gegenüber, bildete mit den Händen einen Trichter und bewegte stumm die Lippen.

Er nahm die Kopfhörer ab.

«Guten Morgen!»

«Guten Morgen, Herr Kollege. Wieder mit den Beatles da?»

«Nein, was Altes diesmal. Klassik ...», sagte er und schluckte vernehmlich. Aha, errechnete ihr frühes Hirn: Entweder ist es ein tausendfach gespielter Schlager, den zu hören er sich schämt, so was wie die Kleine Nachtmusik – oder etwas Ausgefallenes, das ihn vermuten lässt, ich würde das Stück ohnehin nicht kennen und in Verlegenheit geraten.

«Was hörst du denn?», fragte sie sportlich.

«‹Rosenkavalier›.»

«Oh schön! Die Zeit, die ist ein sonderbar Ding … Ich mag die Ouvertüre sehr gern, die Walzer, die Johann Strauß da reingedreht hat – fast eine Operettenmusik, nichts, was das Nervenkostüm angreift, zugegeben, aber man muss sich nicht schämen, das zu hören …», sie lehnte sich zurück, schloss jetzt ihrerseits die Augen, um die Melodie abzurufen, aber an deren Stelle ging in ihrem Kopf wieder die Karussellmusik los: Padam-padam, padampa-dampa-damm-damm … die Zahnräder, die ineinandergriffen, wenn sie an den «Rosenkavalier» dachte, drehten sich dazu. Es fing gerade an, sie zu beunruhigen, dass ihre Zahnräder so gut zu diesem dummen Marsch passten, möglicherweise also gar nicht so zwingend zum «Rosenkavalier» gehörten, als der Trottel wie zur Bestätigung die unglaublichen Worte sprach:

«Eine schöne Ouvertüre, ja. Saugt einen richtig rein, klingt fast wie drehende Zahnräder.»

Jetzt saugte es sie rein. In ihr entstand ein inneres Zerren, als hätte jemand in ihr Gehirn eingebrochen: Es zog. Zugleich kippte das Zimmer: Ihr Rucksack, ihr Bürosessel, ihr Computer, sie selbst, alles schien dem Trottel zuzufallen, alles rutschte ihm über den

Schreibtisch hinweg entgegen. Rasend wurde ihr der Kopf ausgeschlürft, und in all der plötzlichen Leere vibrierte, gut spürbar, der Nachhall ihrer gerade gesprochenen Worte, in denen sie zur peinlichen Krönung Richard Strauss mit Johann Strauß verwechselt hatte … Sie brauchte mehrere Sekunden, um sich zu fangen.

«Wie kommst du auf Zahnräder?», fragte sie rau.

«Keine Ahnung», gab er zu, versank für einen Augenblick im Nachdenken und bot dann an: «Möglicherweise, weil der ‹Rosenkavalier› halt wie der Opernball klingt, ein bisschen, und wenn die Kamera da die Tanzpaare von oben filmt, drehen die sich wie Zahnräder …»

Supermarkt, Fleischabteilung.

Vielleicht war sie zu früh wieder arbeiten gegangen. Sie drehte das Handy in der Manteltasche hin und her. Wenn sie jetzt zu Hause gewesen wäre, hätte sie sich auf den SMS-Verkehr konzentrieren können. Auf einen Freitag und ein Wochenende mehr wäre es nicht angekommen. Sie hätte sich ins Bett gelegt, die Füße an die Wand gestemmt und mit Bedacht eine einzige, klare, eindeutige Nachricht geschrieben, zwosch, weggeschickt. Stattdessen ging sie mit ihrem kaputten Fuß zur Arbeit, nahm eine falsch adressierte Beleidigung entgegen, ließ sich ihre Zahnräder rauben … Der Schreck, dass die Ouvertüre des «Rosenkavalier» im Kopf des Trottels genauso aussah wie in ihrem, dröhnte schwach nach. Hatte sie ihm vielleicht einmal davon erzählt? Dem Trottel etwas zu erzählen, war ihr immer wie das sprichwörtliche Ins-Sackerl-Reden vorgekommen – man wurde das Erzählte los, ohne sich schlaue Ratschläge einzuhandeln. Das Trottelsackerl hatte alles für sich behalten. Aber nun? Es war seine neue, enge Verbindung mit dem Fronleitner, die ihn frecher gemacht hatte. So glaubte sie wenigstens.

Sie war dran und ließ sich zwei Wurstsemmeln mit aufgefächertem Ei machen. Ein anderes Sackerl muss her, dachte sie und ging zur Kassa. In den Trottel war viel hineingegangen, jetzt war er voll, es quoll wieder heraus. Bisher hatte er nicht einmal Antworten gegeben, wenn sie ihm etwas erzählte. Meist hatte also sie geredet, und wenn er einmal ein Gespräch begonnen hatte, bemerkte sie es immer zu spät. Denn er hatte die Angewohnheit, den Anfang seiner Sätze zu vernuscheln, sodass sie nie die ersten Worte mitbekam, mit denen er sich herauswagte. Sein Sprechen war ihr immer vorgekommen wie geschickt komponierte Filmmusik, deren Einsetzen man nicht wahrnimmt; irgendwann summt man leise mit, als wäre die Musik im eigenen Kopf entstanden, und deswegen – um die Analogie zu beenden – glaubte sie dann meistens auch, das Gespräch selbst begonnen zu haben.

«Grüß dich, Natascha. Ich war beim Arzt, weißt schon eh, beim Pipidoktor. Angeblich hab ich Blut im Harn. Aber ich kann's nicht sehen. Was? M-hm!»

Einer in der Warteschlange hatte zu telefonieren begonnen, genau hinter ihr. Ihr Magen ballte sich, eine doppelköpfige Wut hob beide Häupter: Einmal auf diesen Schwätzer, der seinem Handy im Supermarkt solches Zeug erzählte – und dafür hatte sie den schweigsamen Trottel im Büro sitzen lassen! –, aber sofort auch Wut auf die Mithörenden, deren empörungsgeifernde Blicke sie spürte, ohne vom Rollband hochschauen zu müssen. Beide Parteien ärgerten sie gleichermaßen, die beiden Wuthäupter verbissen sich ineinander. Es durchpfiff sie die alte Idee, selbst zum Handy zu greifen und reinzuschreien: «Was sagst du, ich kann dich nicht verstehen, hier telefoniert einer so laut», aber damit hätte sie sich auf die Seite der Reflexempörten geschlagen.

Eine andere Strafe fiel ihr ein. Sie nahm einen Warentrennstab und legte ihn gegen jede Sitte der Länge nach hinter ihre Wurstsemmeln, was den Telefonierer zwang, dreißig Zentimeter Abstand zu halten, ohne den Empörern die Genugtuung einer allzu plumpen Zurechtweisung zu verschaffen. Könnten vielleicht insgesamt alle Menschen etwas weniger deppert sein?, flehte sie stumm zum Himmel, quer durch das Gequatsche des Telefonierers, und schenkte der Kassiererin einen mitleidigen Blick für all den Unsinn, den diese Tag für Tag ertragen musste.

«Zwei Euro zehn. So traurig, junge Dame?»

«Ich? Nein, bin ich gar nicht», sagte sie, ließ den Mitleidsblick verschwinden und zahlte.

Draußen biss sie in die erste Wurstsemmel und sah zu ihrem Bürofenster hinauf. Eine Bim fuhr ein, Menschen rannten hinterher. Einer verwahrlosten Frau kippte die Rolltasche um, Vera Beacher half ihr mit einer Hand, ihn wieder aufzurichten. Das Handy piepste ein viertes Mal; nun hatte auch die eine der beiden Annas bemerkt, dass der Dienstag nicht der vereinbarte Termin war. Das Handy über die Wurstsemmel haltend, die ihr halbes Gesichtsfeld verdeckte, begann sie zu tippen, stockte dann.

«Liebe Mädels» hatte sie als Anrede gewählt, dabei kannte sie die fünf gar nicht. Wie also? «Liebe Freundinnen von Zecki!», korrigierte, «Elisabeth! Bitte verzeiht meinen Fehler, wir treffen uns natürlich am 1. Mai. Ich schlage einen Brunch im Café Semmerl vor. Ab zehn Uhr? Schöne Grüße, Vera Beacher.»

Damit war sie zufrieden. Als sie die Nachricht abschicken wollte, merkte sie, dass sie den Kaffeefilter mit den Telefonnummern im Büro vergessen hatte. Die kleine Frage ging ihr durch den Kopf, warum sie die Telefonnummern nicht gleich in ihr Handy gespeichert hatte (– eine leichte Frage! Deshalb, weil sie möglichst wenig mit den «lieben Freundinnen von Zecki, korrigiere: Elisabeth» zu tun haben und sie wenigstens aus ihrem Handyspeicher draußen halten wollte. Stimmt's? Stimmt!).

Ihre Gedanken: wie eine verwickelte Brautschleppe, die sie hinter sich herzog, und um deren Ende zu finden, musste sie einmal im Kreis gehen. Sie begann, den

Häuserblock zu umrunden, folgte der Schweglerstraße, kam an einem Würstelstand vorbei und an einem Dönerstand und formulierte schließlich ihre kleine Frage. Also, dachte sie: Muss ich mich darauf freuen, Zeckis Freundinnen kennenzulernen? Ich befürchte, ich bin genauso voll wie das Trottelsackerl, es passen keine neuen Bekanntschaften mehr hinein ... Die Trauzeugenpflicht drückte. Wie legst du sie an?, fragte sie im Ton von Helmut Qualtingers sich abschminkenden Mimen. Wirst du Zecki beraten? Prüfen, ob Thomas zu ihr passt? Eine Meinung zu dieser Hochzeit entwickeln?

Niemals, dachte sie. Sie würde brav tun, was Zecki wollte. Dazu brauchte es Respekt, sogar Abstand; das Schlimmste war doch die Einmischerei, die fronleitnerhafte Überidentifikation, eine selbstgefällige «kritische Solidarität»: Ich bin dein Freund, ich sage dir die unbequeme Wahrheit! Ich bin deine Mutter, ich muss dich fürs Leben abhärten! (Sie äffte mit stummen Lippen die beiden Sätze nach, in ihre Semmel hinein.) Wer bin ich, den anderen zu optimieren? Es musste doch genügen, einer verwahrlosten alten Frau die Rolltasche wieder aufzustellen, ohne ihr verwahrlostes Leben in Frage zu stellen. Mit einer Kassiererin freundlich umzugehen, ohne sie ihr schlecht bezahltes, schlecht angesehenes, monotones Tagewerk spüren zu lassen, aus dem sie doch möglicherweise auch ihre Würde gewann. Vielleicht wäre die Kassiererin zu retten – durch einen Kaiser, durch den Kommunismus –, aber fragte man sie, ob sie befreit werden wollte? Vera stellte sich vor, nachts, mit Skimaske, in den Supermarkt einzubrechen, die dunklen Gänge zu durchschleichen, lautlos die Kassiererinnen zu wecken, die Tür ihres Pausenraumes zu öffnen und sie alle herauszuwinken, auf die Schweglerstraße, in die Freiheit. Es schien ihr wahrscheinlich, dass die meisten Menschen Doktor Felderers Theorie zustimmen würden, wonach Gleichheit und Gerechtigkeit nur vor dem Geborenwerden zu haben waren und man sich hernach mit dem Seelen- und Weltplatz abzufinden hatte, der einem zugewiesen wurde. Vielleicht war das aber auch bloß die bequemste, scheißliberale Haltung, wer wusste das …

Sie spürte die Macht, etwas umzureißen. Eine Macht, die alles kaputt machen konnte. Ihr eigentlicher Drang aber war: in der Welt keine Spuren zu hinterlassen. Eine Vita contemplativa führen, ein Randmensch werden. Helfen, ohne zu stören, ihretwegen christlich, aber diesseitig, ohne Glauben und ohne Kirche sowieso. Dachte sie und drückte die zweite Wurstsemmel in den Mund.

Mit einiger Muße würde sich das alles durchdenken lassen. Frühes Aufstehen half, machte aber früh müde. Aussetzen, Pause, ein Kaiserreich für einen Rollstuhl. Sie schob das Wurstpapier in einen Mistkübel und drehte um, Richtung Internet, um im Büro nach der vergessenen Melodie der «Rosenkavalier»-Ouvertüre zu suchen.

Sie fand nur eine Klavierversion eines Amateurpianisten und eine in ihrem Land gesperrte Aufführung aus New York. Der Kanal empfahl ihr stattdessen «Die verkaufte Braut», was sie wieder an die SMS erinnerte, die sie schicken wollte. Sie holte den beschrifteten Kaffeefilter aus der Schublade und tippte die Nummern ab. «Wäre wenigstens das zufriedenstellend erledigt», sagte sie zu sich selbst, weil der Trottel gerade nicht im Zimmer war. Sie holte jetzt auch die Plastikmilchbecher, die neben dem Kaffeefilter gelegen waren, aus der Lade, lehnte sich weit im Drehsessel zurück und hielt sie gegen das Tageslicht.

Sportmann und Wuwa, dachte sie. Die beiden sind einander wesentlich ähnlich, da lässt sich einer herauskürzen. Und sie knackte den ersten Becher herunter. Veverka ist Felderer auf Tschechisch, da genügt einer für zwei, André ist Blawicz in betrunken, und der Trottel, das ist auch der junge Herr Blawicz, mit etwas weniger Bauch und weniger innerer Ruhe … (Sie tippte dreimal gegen den dritten Becher.) Zecki bin ich in verheiratet; Edith bin ich in älter und ignoranter. Bleiben Sportmann, Felderer, ich, Blawicz, Robert. Sie hielt fünf Milchbecher kopfüber gegen das Fenster, verlor ihren Blick und begann zu schielen. Robert und Blawicz verschwammen ineinander – sie knackte Robert heraus: Gestern Abend hatte sie sich entschieden, ein wenig für den jungen Herrn Blawicz zu schwärmen, und Robert hatte wieder ein paar Punkte verloren; Kompliment an Edith: Man sollte ihm öfter aufs Knie hauen. Den Kopf an der Fensterscheibe, starrte sie in den Stuck und überließ sich einem viertelstündigen Hirnsausen, in dessen letzter Minute sie das Uhrenticken mitnahm und dem Sekundenzeiger über der Tür dabei zusah, wie er versuchte, sich selbst einzuholen. Gleich war es elf. Um zwei würde der Herr Fronleitner gehen.

Mit einem Hopser stand sie auf, ging um den Schreibtisch und nahm auf des Trottels Sessel Platz, ihren leeren eigenen Sessel vor dem Fenster betrachtend. Sie war so definitiv darin gesessen in dieser letzten Viertelstunde, dass er noch einen Nachhauch ihrer selbst aufzubewahren schien. Sie stellte sich im Schreibtischsessel ihr eigenes Brustbild vor: die Arme auf dem Tisch, das Gesicht in schlaffer Ruhe. Aber diese Vorstellung währte nur einen Augenblick, bevor das Gesicht rege wurde, Stirnfalten zog, auf den Tisch blickte, mit den Lippen einen Schnabel formte und diesen konzentriert von einem Mundwinkel in den andern schob. Die Hände rutschten auseinander, der Zeigefinger klopfte im Takt der Gedanken auf den Schreibtisch. Zufrieden nickte die beobachtende Beacher der vorgestellten zu und beruhigte sich: Die dort drüben war eine uneinnehmbare Hülle, immer noch. Der drang kein Trottelauge je ins Hirn.

Auf dem Weg zur Kaffeeküche: Padamm-padamm, padammpa-dammpa-dammpa, summselte und pfiff sie und dirigierte ein bisschen mit. In der Küche war jemand. Sie blieb davor stehen, hielt den Mund und lauschte.

Der Trottel war es, im Gespräch mit jemandem. «Ich steh auf Mädchen mit großen Brillen», hörte sie ihn mit spezieller Betonung sagen. Sie stellte sich vor, wie er dem Fronleitner beim Wort «Brillen» Brüste andeutete, behutsam, um seinen Kaffee nicht zu verschütten. Er wird, stellte sie fest, tatsächlich immer frecher, je öfter er beim Fronleitner antichambriert. Er würde sich noch wundern. Spätestens dann, wenn sie dem Büro den Rücken kehrte, hochbezahlte Chefsekretärin bei den Monarchisten wurde oder Propagandaleiterin (mit Brille). Er Katzenkopf, er!

Wieder lospfeifend, betrat sie die Kaffeeküche. Der Trottel stand alleine in der Ecke und hielt ein Handy ans Ohr.

«Ist er schon weg, der Herr Fronleichnam?» War ihr gerade eingefallen. Sie öffnete den Geschirrspüler.

«Warte mal ...», sagte der Trottel in sein Handy, «ich hab grad ... ist grade schlecht jetzt ...» Sie sah hin zu ihm, seine Wangen standen in Flammen. Seine Stimme klang, als würde er gerade erwürgt werden.

«Entschuldige bitte, ich habe nicht gesehen, dass du telefonierst.»

«Macht nichts.» Er legte auf, ohne sich zu verabschieden, und räusperte sich. «War nicht wichtig.»

«Der Chef schon weg?»

«Ja, heut eine Viertelstunde früher.»

«Dann können wir ja auch bald ins Wochenende ...»

Er stand ihr gegenüber, mit verschränkten Armen und gekreuzten Beinen, zwischen zwei Fenstern. Sie pumpte sich einen Kaffee und genoss es erstens, seinen Blick auf sich zu wissen, und zweitens die Vorstellung, dass er sich ihre Wochenenden vermutlich sehr aufregend dachte – jedenfalls im Vergleich zu seinen eigenen. An den Geschirrspüler gelehnt, blies sie in die Tasse. Die Verunsicherung, die sie von den Zahnrädern und der Ouvertüre davongetragen hatte, war wieder auf ihn übergegangen, wo sie hingehörte.

«Hast du was Spezielles vor?», fragte er.

«Ich, nein. Übernächstes Wochenende, wenn es wärmer ist, gehe ich wandern. Am Samstag. Und am Sonntag dann hab ich eine Hochzeitsplanung …»

Sie sagte es möglichst beiläufig, um seine Neugier anzustacheln, wessen Hochzeit da geplant wurde. Er, der den beiläufigen Ton wahrnahm, wandte sein Interesse artig dem anderen Teil des Wochenendes zu.

«Wandern, wohin?»

«Auf den Schöpfl. Mit ein paar Bekannten, die machen das jedes Jahr.» Er lauschte stumm, sackerlhaft wie früher, also fügte sie an: «Die machen das aus Tradition. Sehr traditionsbewusste Leute sind das – Monarchisten … deswegen auch die Hochzeitsplanung. Das wird toll», improvisierte sie, «eine Hochzeit in Mariazell, ganz groß, sehr katholisch. Otto Habsburg kommt da auch.»

Ihre plötzliche lügnerische Chuzpe erregte sie.

Das Trottelsackerl bedurfte keiner Mülltrennung, beschloss sie, es darf alles hinein, das Richtige und das Falsche. Es interessierte sie, ob er den Unterschied merken würde; wie weit sie mit ihrer Schwindelei gehen konnte, bis er sich traute, nachzufragen. Am liebsten hätte sie ihm eine besonders grobe Ungereimtheit aufgetischt, aber auf die Schnelle fiel ihr keine ein.

«Echt, lebendige Monarchisten?», fragte er.

«Warum nicht?»

«Na, ich hab nicht gewusst, dass es neunzig Jahre nach der Abschaffung der Habsburger noch welche gibt.»

«Das hat eben damit zu tun, woran man glaubt. Gottesgnadentum, um einen altertümlichen Begriff zu verwenden.»

«Ach so? Das kenne ich nicht.»

«Nicht schlimm. Für uns ist das eben ein zentraler Begriff.»

«Für euch?»

«Für uns Legitimisten. Und Katholiken.»

Vielleicht übertrieb sie es. Sie sah einen spöttischen Kniff in seinem Mundwinkel, auch seine Wangen waren nicht mehr rot.

«Ich finde es ja nur seltsam, jemanden als Kaiser zu verehren. Ihn Majestät zu nennen …»

«Kaiserliche Hoheit. Er ist ungekrönt, der Otto.»

«Die Bezeichnung verwandelt ihn ja nicht in etwas Besseres!»

«Doch, sie verwandelt ihn! Oder denkst du, Worte haben keine Wirkung? Überleg mal. Die Bezeichnung ‹Guten Morgen, Arschloch›, zum Beispiel, verwandelt den anderen sofort in einen verärgerten Menschen.»

Bevor er etwas erwidern konnte, drehte sie sich um, wusch mit laut zwoschendem Wasserstrahl ihre Kaffeetasse aus und ging ins Büro, um ihre Sachen zu packen. Das hat gesessen!, dachte sie, ohne daran zu glauben. Und ohne sich einzugestehen, wie sehr sie die neue Widerspenstigkeit des Trottels störte.

Auf der Nachhausefahrt stoppte die U-Bahn «außerplanmäßig», knapp vor ihrer Station. Sie saß und wartete auf das Geraunze der Mitfahrer. In der Sekunde, bevor es unvermeidlich losbrechen musste, stand sie auf – ein bisschen zu schnell, mehrere Fahrgäste hoben den Kopf –, schüttelte den Ärmel zurück und blickte mit Schwung auf ihre Armbanduhr. Als hätte die U-Bahn auf dieses stumme Kommando gewartet, fuhr sie wieder los.

Sie ließ den Arm sinken. Ein Feldwebelgefühl erfüllte sie mit einem Mal. Sie spürte den Respekt der Fahrgäste. Mit gestrecktem Rücken stand sie da, bis ihre Station kam, schritt dann zwischen den anderen hindurch, stieg aus dem Waggon und blieb auch auf der Rolltreppe nicht stehen, sondern nahm zwei Stufen auf einmal. Der Zufall hatte ihr Autorität verliehen. Etwas Ähnliches, dachte sie, konnte ja heute Morgen auch dem Trottel passiert sein, hatte ihn sich plötzlich überlegen fühlen lassen und frech gemacht. Mit dieser Möglichkeit zufrieden, strich sie alle ihre früheren Gedanken über ihn und den Herrn Fronleitner und beschloss, dass sich nichts geändert hatte im Bürogefüge.

Fünftes Kapitel

Am Schöpfl

«Das Dumme am Sommer: Man hat ihn nie für sich allein!» Doktor Felderer stand auf dem Parkplatz der Klammhöhe zwischen Hainfeld, Brand-Laaben und Kaumberg und sprach so laut, dass ihn die anderen Wanderer hören konnten. «Da kommen sie alle aus ihren Löchern, in denen sie sich im Winter diskret verkrochen haben, sind aber noch genau dieselben Lochbewohner wie vor drei Monaten, solche mit Jogginghosen und solche mit Nordic-Walking-Stecken ...»

«Du bist auch nichts Schöneres, Felderer», befand Sportmann, der sein rechtes Bein auf den Vorderreifen des VW gestellt, die Kniestrümpfe heruntergekrempelt hatte und seinen weißen Unterschenkel mit beiden Händen abklatschte.

Doktor Felderer trat zu ihm. «Und was machst du da?», fragte er. «Versohlst deine Schenkel schon jetzt dafür, dass sie dir nachher den Geist aufgeben werden?»

«Das ist gut für die Muskeln», erklärte Sportmann,

kam außer Takt und wechselte mit einem Hüpfer das Bein.

Neben ihm kniete Ernst Wilhelm Wuwa auf der Rückbank und versuchte, mit der Hand unter die Hutablage und in den Kofferraum zu langen.

«Habt ihr die Wanderkarte gesehen?», fragte er aus dem Auto. «Ist sie vielleicht unter den Sitz gefallen? Ohne Wanderkarte geht es nicht, ich habe daheim unsere Route auf Google Maps ausgedruckt und den Zettel reingelegt. Paulchen, könntest du bitte einmal rutschen?», wandte er sich an Doktor Veverka, der zusammengekauert auf der anderen Seite der Rückbank sitzend einen Apfel aß und zugleich die Schuhe auszog, ohne die Autotür zu öffnen. «Paul! Sag mal, lässt du die Schuhe da?»

Doktor Veverka nahm den Apfel aus dem Mund und nickte mit Überzeugung: «Bosý, to je lepší», sagte er und bewegte die bloßen Zehen in der Luft. «Wenn du meinst – dann geh halt barfuß», sagte Wuwa und versuchte, mit dem Arm unter den Fahrersitz zu kommen.

Eine neue Gruppe Wanderer näherte sich dem Gasthaus.

«A propos lepschi, da kommen schon wieder welche», sagte Doktor Felderer, die Zwirbelhand im Bart. «Das erste warme Wochenende, und man möchte sich die Frage stellen, ob jemand die Tür vom Irrenhaus offen gelassen hat. Wird man sich doch wohl noch fragen dürfen. Wo bleiben übrigens die Jungen? Haben die sich verfahren?»

Wie zur Antwort fuhr ein Opel auf dem Parkplatz ein, am Steuer André, hinten Ferdinand Blawicz und das Fräulein Beacher. Man winkte heraus. Der Opel umkreiste den VW. Er hielt neben dem linken Vorderreifen, wo Sportmann inzwischen seine Waden massierte. Er und Doktor Felderer trugen Trikots und kurze Lederhosen. Auf der Rückbank des VW hatte sich Wuwa wieder aufgerichtet. Doktor Veverka entstieg der rechten Hintertür in einem ärmellosen Trägerhemd, langen Hosen und mit nackten Füßen. Er trug einen Strohhut. Ein großer goldener Hund kam zwischen Felderer und Sportmann hervor und lief dem Opel entgegen, gerade, als Vera Beacher ausstieg, und beschnupperte ihre Knie.

«Ja, du! Kennen wir uns nicht?», fragte sie und strich ihm kreuz und quer über den herumschnüffelnden Kopf. «Bist du nicht der Beffi, der Menschenhund? Von der Hütteldorfer Straße?»

Schnaubend kam Doktor Felderer herüber, im Takt seiner Schritte klopfte ein umgehängtes Fernglas gegen seine Brust. «Grüß Gott, Fräulein Bacher, entschuldigen Sie bitte meinen Hund. Kuki, brav sein! Kuki, zeig dem Fräulein die Pfote!»

Der Hund gähnte, tappte drei Schritte zurück und schüttelte sich.

«Ich kenn sie schon, seine Pfote», sagte die Beacher und blinzelte Kuki zu.

Man begann den Aufstieg. Zwischen Wäldern und vermatschten Wiesen ging es sanft bergan Richtung Kaumberg. Ernst Wilhelm Wuwa erklärte Sportmann und André den Weg («… vor dem Losfahren noch die Route aus Google Maps ausgedruckt – einer muss ja mitdenken!») und das Wetter («sechzehn Grad, Altokumuluswolken und karfiolförmiger Kumulus, mäßiger Westwind, gutes Wanderwetter, wenig Stratokumulus.» – «Strapsokumulus.» – «André, wenn du schon nix davon verstehst, halt wenigstens den Mund!»). Ab und zu war der Schrei eines Raben zu hören oder ein Schmerzlaut Doktor Veverkas, wenn er mit nacktem Fuß auf einen einzelnen Kieselstein trat.

Die Beacher wanderte ohne Rucksack. Padamm-padamm, padampa-dampa-damm-damm, dachte sie im Tempo ihrer Schritte; woher kam jetzt wieder dieser Ohrwurm, der zwei Wochen weg gewesen war? Sie sah hoch in den Himmel, ein Vogel zog dort einen Kreis, blieb aber stumm. Grillen zirpten ungleichmäßig. Dann bemerkte sie: Der junge Herr Blawicz war es, der ihre Melodie pfiff. Im Auto hatte er geschwiegen, aber ihren Ohrwurm hatte er, offenbar aus dem Kaffeehaus, im Gedächtnis behalten.

Doktor Felderer blieb am Waldrand zurück und hielt mit dem Fernglas Ausschau nach seinem Hund. Vera ließ die anderen weitergehen und wartete mit ihm.

«Ich habe versucht, ihn zum Schwammerlsuchen abzurichten», sagte Doktor Felderer. «Jetzt rennt er mir ständig davon, wenn er einen Wald sieht, und stöbert irgendetwas vage Pilzförmiges auf: einen weißen Stein, einen Plastiksack. Dieser Hund hat überhaupt keinen Geruchssinn, glaube ich.» Er stellte das Fernglas schärfer, beidhändig.

«Haben Sie ihn schon lange?», fragte die Beacher.

«Ah ja, ah ja», Doktor Felderer dachte nach, «acht Jahre, neun. Ein idealer Freund. Widerspricht nicht, denkt sich sein Teil. Einen Hund kann man sich in jedem Alter zulegen, das ist anders als mit Menschen, von denen hat man irgendwann genug … nicht, dass man zwangsläufig zum Misanthropen würde, das möchte ich nicht gesagt haben, aber irgendwann fehlt einem die Geduld, sich an neue Gesichter zu gewöhnen. Richtige Menschen trifft man nur am Anfang des Lebens, danach kommen die Kopien. Nichts gegen Sie, bitte schön! Aber bei jeder neuen Begegnung muss man sich wieder durch eine dicke Schicht von Smalltalk und Verstellung durchwühlen, die, ähm, Schminke der Selbstbehauptung durchstoßen … wozu? Am Ende unterscheiden sich die neuen nicht grundlegend von den alten Bekannten. Nur, dass man die Neuen erst anlernen muss … Geht Ihnen das nicht so? Da werden Sie zu jung dafür sein, für Sie ist jeder neue Mensch noch eine Offenbarung, hm?»

«Nein, dochdoch.» (Sie meinte: «Doch, neinnein.»)

«Richtig Übersicht hat man erst im Alter. Es ist schon schade, wenn die alten Freunde langsam alle tot sind. Aber ich habe es immer als tröstlich empfunden, dass sie dann meine Erwartungen – oder sogar meine Zuneigung, meinetwegen meine Liebe – nicht mehr enttäuschen können. Nihil nisi bene und so weiter, das hat mich immer überzeugt. Sie leben in uns weiter, und zwar viel besser, als sie je waren ... Sie wissen, dieses gegenseitige Belauern im Älterwerden, ob der andere noch dem Bild entspricht, das man sich einmal von ihm gemacht hat, und diese sofortige Ahndung jeder Abweichung ...»

Aus dem Wald bellte es. Doktor Felderer verstummte, nahm das Fernglas von den Augen und lauschte mit offenem Mund.

«Ich glaube, von dort drüben kommt es ...», half sie.

Gemeinsam stiegen sie ins Gesträuch hinunter.

«Haben Sie gute Freunde, Frau Bacher?»

«Ja, ein paar. Eine meiner Freundinnen heiratet jetzt, ich soll Trauzeugin werden.»

«Und, freuen Sie sich schon darauf?»

«Das ist vielleicht die falsche Frage.»

«Wenn Sie sich nicht darauf freuen, lassen Sie es lieber. Entschuldigen Sie kurz, das Hell-Dunkel hier drin macht mich ganz verdreht.» Er trat in den Schatten eines Baumes und schob sich eine Zigarette in den Mund, während er mit der anderen Hand seine geblendeten Augen rieb.

«Ich habe mich in meiner Jugend auch zu vielen Dingen verpflichtet gefühlt, genau wie Sie. Höflich, umsichtig war ich, tolerant, progressiv. Richtig progressiv. Es war mir absolut klar, dass ich das nicht ewig durchhalten würde können und im Alter ein reaktionärer Scheißer werde. Aber so ist das. Andere alte Männer schämen sich für ihre Jugendsünden, bei mir ist es umgekehrt – ich habe mich als junger Mensch schon im Vorhinein für meine Alterssünden geschämt, jetzt ist die Scham aufgebraucht, komplett aufgebraucht. Und letzten Endes bleibt es sich ja gleich.»

Der Hund bellte aus nächster Nähe. Doktor Felderer drückte die Zigarette an der Rinde aus und folgte dem Bellen. Das Tier saß wenige Meter entfernt und bewedelte einen Parasol.

«Bravo, Kuki! Das ist diesmal ein Pilz, ein guter, ein Speisepilz, ein Parasol!», erklärte er. «Pa-ra-sol, gell? Wu, wu!»

«Wu, wu», antwortete Kuki. Wedelte und sah die Beacher an.

«Super!», lobte nun auch sie. «Ein Parasol, den paniert man wie ein Schnitzel! Schnitzel kennst du, oder? Schnitzel?»

Anstatt das Wort zu wiederholen, fiepte Kuki und legte sich auf den Waldboden.

Doktor Felderer brach den Schirm des Parasols ab und versprach ihn dem Hund zum Abendessen. Sie kämpften sich zurück.

«Ich mag keine Pilze, aber er soll doch ein Erfolgserlebnis haben. Warum freuen Sie sich denn nicht, Trauzeugin zu sein?»

«Nicht freuen ist falsch ausgedrückt. Ich habe einfach große Defizite – ich weiß nicht einmal, ob es eine kirchliche Hochzeit werden soll, ich bin seit Jahren in keiner Kirche gewesen …»

«Ach so?» Doktor Felderer hob einen Nadelzweig, und sie traten ins Tageslicht. «Christliche Nachhilfe; da sind sie allerdings an der korrekten Adresse. Vorsicht, da, die Wurzel. Meine Familie ist seit fünf Generationen getauft, Sie können sehr gerne bei Gelegenheit in meine Praxis … nein, halt», er blieb stehen, «der Herr Blawicz! Wenden Sie sich an den jungen Herrn Blawicz», und er zwinkerte ausdrucksvoll, was verschwörerisch aussah, aber nur am Sonnenlicht lag, das ihn wieder blendete.

«Der Herr Blawicz versteht etwas davon?»

«Oh ja.» Doktor Felderer blieb stehen, wühlte mit einer Hand den Bart auseinander und hob mit der anderen den Pilz gegens Licht. «Der junge Blawicz ist unsere Zukunft, der bringt uns ins einundzwanzigste Jahrhundert. Mich können Sie da vergessen, ich bin von gestern … und Wuwa erst, hören Sie mir auf, der träumt von Großösterreich, Abschaffung des Toleranzpatents, Reconquista, Ständestaat, Judenghetto … der würde die Ringstraße schleifen lassen und die Wiener Stadtmauer wieder aufbauen … aber der Blawicz, das ist der kommende Mann …»

Die anderen waren nicht mehr zu sehen. Sie gingen weiter, am Waldrand entlang, Doktor Felderer schickte Kuki vor, der nach Minuten bellend zurückkam. Felderer, voll Stolz über Kukis erfolgreiche Pilzsuche, war überzeugt, der Hund habe nun auch Sportmann, Doktor Veverka, Blawicz, Wuwa und André gefunden. Aber als sie die nächste Wendung erreichten, waren es zwei Jogger.

«Pfah», blies Felderer, «zwei Jogger!» Weil sie näher kamen, senkte er die Stimme: «Die unwürdigste Form menschlicher Existenz. Sie ohne Büstenhalter – entschuldigen Sie – und er oben ohne, mit diesen weiten Hosen, in denen der Sack so hin und her schlackert …»

Die Beacher wurde unwillkürlich langsamer, wie um auf Doktor Felderer nicht allzu sportlich zu wirken. Als es ihr nach ein paar Schritten auffiel, beschleunigte sie wieder und stellte sich zum Trotz vor, sie befänden sich im Schönbrunner Schlosspark, und es wäre der Kaiser, der ihnen entgegenjoggte … da würde Doktor Felderer erbleichen und Haltung annehmen, statt zu schimpfen. Mit schildkrötenhaften Schritten würde sich der Läufer nähern, schildkrötenhaft würde auch die Halshaut wogen unter seinem alten, alten Kinn. Ja, der Kaiser joggte seit Jahrzehnten, das wusste man. Täglich, gleich nach der Messe um fünf Uhr, verwandte er eine halbe Stunde Zeit auf seinen Morgenlauf. Gewiss, er war alt geworden, achtundneunzig. Das merkte man. Es ging langsam, es strengte ihn an, und er brauchte den Gehstock; seit Jahren standen vier Tiroler Kammerdiener, von witzelnden Journalisten seine «Laufmander» genannt, entlang der Strecke, um ihn bei Unpässlichkeit aufzufangen. Der Weg war kurz geworden im Lauf der Zeit ... die Kammerdiener, früher in Rufweite voneinander, konnten sich heute in Kammerlautstärke unterhalten, fast schon die Hände reichen ... und wenn ein früher Spaziergänger im Schlosspark unterwegs war, nutzte Otto die Gelegenheit, stehen zu bleiben und zu verschnaufen ...

«Warm ist's heut. Schwitzen tu ich. Grüß Gott, mein Lieber, wie heißen S' denn? Felderer? Gut is'! Haben S' ein Sacktuch für mich?»

Doktor Felderer brachte nichts heraus, stumm löste er seine Krawatte. Der Alte hielt sie für das Gewünschte und tupfte den Schweiß aus dem Nacken, indem er das seidene Stirnband hochzog.

«Sollten auch joggen, lieber Freund! Tragen S' doch das Sacktuch bei Gelegenheit in die Hofwäscherei. Erhalten es sauber zurück. Felderer heißen S', gell? Na, heißen S' ab jetzt: von Felderer!»

Doktor von Felderer sprang zurück, als sich der Kaiser abwandte, und entbot dem salzigen Schweißkranz auf dessen gelb-schwarzem Trikot seine Verbeugung.

«Jogger, pfah», schnaufte er aber. «Kann es sein, dass sich die Leute immer behinderter fortbewegen?» Der Kaiser hörte es nicht mehr, auch die beiden Läufer am Schöpfl drehten sich nicht um. «Narren ...»

Sportmann, André, Wuwa, Doktor Veverka und der junge Herr Blawicz hatten sich unter einer Birke am Wegesrand ausgestreckt. Doktor Felderer, noch immer im Grummeln, wurde bei ihrem Anblick munterer: «Fesch, gell, Frau Bacher? Schauen Sie da! Wie die Herren rings um den Baum drapiert sind und Äpfel essen, ein Waldmüller-Idyll. Steht dem Veverka gut, sein ausgezogenes Trägerhemd.» Die Beacher kicherte gegen ihren Willen mit. «Waldmyller-Idüll» dachte sie falschgeschrieben und spürte, dass sie hungrig war. Der junge Herr Blawicz, der sie näher kommen sah, kroch hoch und bot ihnen zwei Äpfel an.

«Eine Schäferszene», sagte Doktor Felderer laut und nahm beide Äpfel mit einer Hand entgegen. «Aber wer von euch hütet wen? Kuki, brav sein, dann darfst du den Hirtenhund spielen!»

Ernst Wilhelm Wuwa, der die Arme im Nacken verschränkt und Veverkas Strohhut über die Augen gezogen hatte, wies Doktor Felderer zurecht. «Wo hast du eigentlich deinen akademischen Titel gemacht? Eine Schäferszene ist ganz was anderes, du Zahnarzt!»

«Mit mehr Frauen», ergänzte der danebenliegende André, rauchte und rupfte Gras mit der freien Hand. (Hier geschah es, dass die Beacher und der junge Herr Blawicz einen Blick tauschten und schnell die Augen wieder voneinander abwandten. Die Beacher blickte stattdessen auf Andrés Bauch, auf dem dieser einen Plastikbecher abgestellt hatte. Wohin Herr Blawicz ersatzweise blickte, ist unbekannt.)

«Das Schäferdasein, ein höfischer Sehnsuchtsgedanke», führte Wuwa aus. Er zündete sich blind eine Zigarette an, der Rand des Strohhutes knisterte. «Heute kann jeder Schäfer sein, wenn er will, dafür gibt es keinen Hof.»

«Und keine Frauen», fügte André rätselhaft verträumt hinzu.

Doktor Felderer, der rot geworden war und im Bart wühlte, roch eine Gelegenheit, von seinem Bildungsloch abzulenken, und fix ergriff er sie: «Jaaa, aber der Verlust der Höfe überfordert die Leute – keine Formen mehr, keine Etikette –, plötzlich sind sie alle kleine Souveräne und müssen ihre Einzigartigkeit durch exaltiertes, würdeloses Verhalten darstellen, so wie die zwei teilentblößten Jogger da, habt ihr die auch gesehen …?»

Die Ablenkung verfing. Wuwa verstummte grübelnd, André brummte beifällig, Sportmann nieste. Nur Doktor Veverka reagierte nicht, und der junge Herr Blawicz legte sich wieder hin und pfiff seinen Ohrwurm.

«Zum Genieren, die Halbangezogenen! Nächstens rennen die Leute noch ganz nackt herum», sagte Sportmann finster. «Früher haben wir uns noch gefreut, was Nacktes zu sehen. Heute reagiert man kaum mehr darauf, so abgestumpft wird man …»

«Was sich die progressiven Spießer auf ihre Freizügigkeit einbilden!», kam es unter Ernst Wilhelm Wuwas Strohhut hervor. «Was die uns an öffentlicher Sexualität vorturnen! Dabei sind wir die viel besseren

Wüstlinge, was? Aber wir prahlen nicht damit! Erinnerst du dich noch, Veverka, an die Silvesterfeier zweiundachtzig, wo die Miss Austria ...»

«Ist ja typisch Republikanismus», sponn Sportmann fort, «der will nur noch das Private, das Vulgäre. Und obendrein ist er noch heuchlerisch. Wenn Sie, junge Frau», er zeigte mit der Zigarette auf die Beacher, «sich nackt in die Fensterlaibung legen, interessiert das heute niemanden mehr – salva venia. Aber wehe, die Königin von England tut das, da ist die Empörung groß! Früher hat das Volk vor dem Herrscher die Form gewahrt, nicht umgekehrt. Die Königin hat sich nackt vor ihren Dienern gezeigt und sich das Badewasser eingießen lassen, weil es auf die Gedanken der Untertanen nicht angekommen ist! Heute kommt es nur darauf an! Und während der Pöbel sich im Jogginganzug vorm Fernseher lümmelt, starrt er auf die Königin, die dies nicht darf ...»

Wuwa, anscheinend in Ketzerlaune: «Ja, weil sie feig ist! Weil sie so viel Angst hat, sich vor dem eigenen Volk zu blamieren. Drum verdient sie auch nicht, dass man sie ernst nimmt, die oberste Winkkatze. Warum denn wie mit einem Besen/Wird so ein König hinausgekehrt?/Wären's Könige gewesen/Sie stünden alle noch unversehrt! Goethe.»

Sportmann wurde grantig: «Ich weiß schon, Ernstl, du möchtest gegen das perfide Albion gerne nachträglich den Ersten Weltkrieg gewinnen. Ich sag dir nur, wenn Seine Kaiserliche Hoheit heute in Wien in der

Hofburg sitzen würde, dann wäre er ebenfalls unter ständiger Beobachtung der Presse, ein Versuchskaninchen im, äh, medialen Reagenzglas …»

«Ist doch eine ganz andere Familie!», sagte Wuwa mit wachelnder Handbewegung, «die Habsburger sind schon nackt durchs Hotel Sacher geschritten, da hat Victoria von England noch geglaubt, Lesbierinnen wären Fabelwesen!»

«Und dieser eine Enkelprinz?», wollte Doktor Felderer vermitteln. «Dieser rothaarige Enkel der obersten Winkkatze? Bei dem kann ich mir gut vorstellen, dass er irgendwann nackert ins Spielkasino geht, der hat keine Angst vor Blamage …»*

«Und wenn er es nicht tut, behaupten sie's trotzdem», sagte Sportmann, «die Geier von der Presse! Über heutige Monarchen dürfen die Zeitungen ja alles schreiben, was beliebt, schau rein jede Woche, Goldenes Blatt oder wie die heißen: die Queen krebskrank, die Queen im Scheidungsdrama, die Queen tritt zurück, die Queen schwanger …»

* Diese Bemerkung blieb bei der Beacher hängen, da sich ein Jahr später, im Sommer 2012, eben genau dies ereignete – oder vielmehr etwas Ähnliches: die Teilnahme des besagten Prinzen Harry an einem intimen Billardspiel, bei dem er verlor und sich nackt auszuziehen hatte. Als die Beacher davon las, dachte sie an Doktor Felderers Worte, und ihre Erinnerung korrigierte die leichten Fehler in seiner Prophezeiung. Im Nachhinein war sie überzeugt, dass Doktor Felderer die Zukunft vorhergesagt hatte.

Wuwa: «Sie lässt sich's halt auch gefallen …»

Sportmann, unbeeindruckt: «Das fällt mit republikanischen Politikern schwer, solche Storys, die lassen sich unentwegt scheiden, und bevor sie Krebs kriegen, sind sie mit einer fetten Abfindung in Pension gegangen – umso beeindruckender, was eine königliche Familie alles still erträgt, für die heilige Pressefreiheit im Übrigen …»

Wuwa: «Die Armen! Vielleicht sollte man die paar übriggebliebenen Monarchien auflösen, aus Rücksicht auf die Könige …»

Über dem sich friedlich hebenden und senkenden Brustkorb des eingeschlafenen André hinweg ging der Disput zwischen Sportmann und Wuwa, und die Beacher sah nach dem jungen Herrn Blawicz, der beiseitegetreten war und mit Kuki Stöckchenwerfen spielte.

«Sie machen lieber Bewegung?»

«Ich? Ja, die anderen sollten auch nicht im Gras liegen übrigens, es ist so kalt. Wetteifern halt so gerne drum, wer der Rechteste ist, ni'wahr …»

Der junge Herr Blawicz schleuderte das Stück Holz in die Luft, es drehte sich mehrmals, wurde verweht und stürzte irgendwo ins Gebüsch. «Such, Kuki! Er ist schlau, wenn er den Ast nicht findet, bringt er mir einen anderen …»

Die Beacher verschränkte die Arme vor der Brust und schüttelte sich die Haare aus dem Gesicht. Beide blickten Kuki nach. Erst als der Hund eine Weile nicht wieder zurückgekehrt war und das Gebüsch sich nicht regte und bei beiden der Eindruck entstand, der andere wolle den Blickkontakt vermeiden, begann der junge Herr Blawicz zu pfeifen; dann erschien ihm das wohl unhöflich, und er fragte: «Sind Sie wohlauf?»

«Wie? Ja, sehr! Warum fragen Sie?»

«Weil, auf der Herfahrt – ich hoffe, André hat Sie nicht verschreckt, er ist ein eigenwilliger Fahrer, gell – aber Sie waren recht still insgesamt ...»

«Ah das – ja, bei mir war es gestern ein wenig spät, ich war Muschelessen, was ich sonst nie tue; deswegen. Es waren ungefähr dreißig Stück, und auf der Fahrt im Auto habe ich das Gefühl gehabt, mein Magen wäre selber ein einziger, riesiger Mollusk und schwappt bei jeder Kurve hin und zurück ...»

Der junge Herr Blawicz nickte, öffnete die Lippen zum Sprechen, zögerte und sagte schließlich nur: «Oje.» Räusperte sich und hängte den Halbsatz dran: «Dreißig Muscheln ganz alleine essen ...»

Das bisschen List, das er ziemlich schlecht in diesen Worten versteckt hatte, schien ihm peinlich zu sein.

«Ganz alleine ja nicht, zum Glück», kam sie ihm entgegen.

«Zum Glück», wiederholte er, «denn dann waren es ja nur fünfzehn für jeden, pro Person – das heißt, sofern Sie zu zweit waren. Bei drei Gästen wären es zum Beispiel nur noch zehn Muscheln. Aber diese Vermutung meinerseits kann ja auch nicht stimmen, von zehn Muscheln wird einem nicht übel beim Autofahren. Sie sollen aber jetzt bitte nicht das Gefühl haben, ich wäre neugierig oder wollte in Ihr Privatleben spionieren.»

Er starrte auf das Gebüsch, als wollte er Kuki mit seinem Blick herauslocken.

«Nein, jeder von uns hat dreißig Muscheln gehabt.»

«Wo der Hund nur – ach so, jeder dreißig? Dann hoffe ich, dass Ihre Begleitung einen besseren Magen hat. Wenn ich beispielsweise dreißig Muscheln essen würde, ich würde es gar nicht merken. Aber ich habe auch eine, wie soll ich sagen, männliche Konstitution, eine männliche Verdauung ...»

«Manche Frauen essen ebenfalls dreißig Muscheln und spüren überhaupt nichts.»

«Selbstverständlich, aber ich weiß doch nicht, ob Ihre Begleitung, wenn sie denn weiblich war, einen typischen Frauenmagen hat, wenn Sie diese Pauschalisierung verzeihen – es geht mich natürlich alles nichts an, ich wollte nur wissen, ob alles in Ordnung ist mit Ihnen. Entschuldigung bitte.»

Für einige Sekunden lang fand sie es abstoßend, wie er seine Neugier nun auch noch als Anteilnahme verkleidete. Er schleimt sich heran, dachte sie, wie ein Mollusk. Doch gleich darauf kippte das Abgestoßensein wieder in Belustigung und Anziehung zurück, als sie merkte, wie ihr das Gramm Verachtung, das sie gerade neu für ihn empfand, Vertrauen einflößte. Sie dachte an Zecki, die ein Hirn hatte wie ein Kolibri und aus jedem anstrengenden Gedanken zur nächsten Assoziation entflatterte – auch dies ein Verhalten, das streng genommen Maßregelung verdiente, aber unter Freunden die Gelegenheit bot, großherzig Toleranz zu üben. Wie ja auch wiederum sie selbst, Beachy, durch ihre Schwerfälligkeit, ihren Starrsinn, ihre Knotenköpfigkeit oftmals Zecki die Chance für belächelnde Nachsicht bot. Zwei Freundinnen, deren Mängel im Frühlingsnebel abwechselnd aufleuchteten, um jene der anderen verblassen zu lassen.

Ja, Verachten schafft Vertrauen: Ich kenne deine Fehler, du darfst meine kennen. Sie dachte an das Trottelsackerl, in das sie viel unausgegorenes, unfertiges Zeug gefüllt hatte; an dicke Türkengroßmütter an der Supermarktkassa, denen sie nur deswegen unbefangen entgegenlächelte, weil sie im Herzen eine kleine Rassistin war; oder an Robert, vor dem sie sich nackt auszog, weil es auf seine Gedanken nicht ankam, so wenig es auf die von Kuki ankommen würde.

Und die alten Herren? Wuwa, Sportmann, Veverka: reaktionäre Holzköpfe, die aus Dummheit zur derselben monarchistischen Neigung gekommen waren wie sie, Vera Beacher, aus Klugheit. Liebenswerte Menschen also, grade drum.

Gleichmäßiges, lautes Keuchen aus sieben Kehlen. Kuki lief voran, mit gesträubtem Fell und einen Ast von einem Meter Länge nachschleifend, den er sich von niemandem aus dem Maul nehmen ließ. Dicht dahinter

Wuwa, Sportmann, Doktor Felderer, die Hüte auf die Stirn gedrückt; dann Blawicz, Beacher; später Doktor Veverka, dessen aufgeknöpfte Hemdbrüste links und rechts über seine Schultern wehten, als Letzter André.

«Gleich sind wir beim Marterl», sagte Wuwa und blieb stehen, um seine Armbanduhr zu lesen. Sportmann rannte in ihn hinein.

Er quoll über wie ein angeschlagenes Fass, ein Schimpfschwall stürzte aus ihm heraus: «Gleich! Gleich, dein Marterl! Zu blöd für Google Maps, gut! Zu blöd für die Wettervorhersage im Fernsehen – auch gut! Aber dass du zu deppert bist, im Gehen auf die Uhr zu schauen, und wie angewachsen stehen bleibst, damit ich dir reinrenne, das …»

«Sechzehn Grad, mäßiger Westwind, Altokumuluswolken und karfiolförmiger Kumulus …», sagte Wuwa beleidigt, verschränkte die Arme und vertrat Sportmann den Weg.

«Aha – super! Toll aufgepasst! Zwischendurch mäßige Windstille, das wäre richtiger gewesen! Und was dein Marterl anbetrifft …»

«Ja, das kommt gleich, das Marterl!»

«Gleich? Es kommt seit einer halben Stunde gleich! Das hat dein mäßiger Westwind davongeblasen, dein Marterl!»

André war näher gekommen und überholte sie. «Ein Marterl …», redete er, «ein Folterl. Ein Hinrichterl …»

Kuki, der gewartet hatte, folgte ihm. Grob zog

Wuwa an Doktor Felderers Fernglas und forderte Sportmann auf, hindurchzusehen, das Marterl wäre in unmittelbarer Nähe. Doktor Felderer schnaufte erst überrascht und schimpfte dann auf Wuwa, und Sportmann versprach, Wuwa bei der nächsten Erwähnung des Marterls eine runterzuhauen.

Doktor Veverka schob Wuwa und Sportmann auseinander, «Vítr a prší», rief er (und vor Atemlosigkeit begriffsstutzig nahm die Beacher an, «Vítr» wäre Wuwa auf Tschechisch und «Prší» Sportmann).

Doktor Felderer griff nach seinem Fernglas in Wuwas Händen. «Zuvörderst», sagte er spitzlippig, mit einer Betonung, als wüsste er, dass dieses Wort Wuwa besonders ärgerte, «zuvörderst brauchen wir einen Platz zum Unterstellen!»

«Vielleicht das Marterl ...», brummte Sportmann durch die Nase, und obwohl er es zuvor gewesen war, der bei der Erwähnung des Marterls eine Watsche ausgelobt hatte, war es jetzt Wuwa, der die Ankündigung wahr machte.

«Mein Marterl hat kein Dach. Leider», sagte er und massierte sich die Watschenhand. Ein erster Tropfen klatschte ihm ins Auge, alle sahen gleichzeitig in die Höhe, und der Regen brach los.

Fünfundvierzig Minuten waren nach der großzügigen Schätzung Vera Beachers vergangen, seit sie Zuflucht unter einer Futterkrippe gefunden hatten. Nach Ernst Wilhelm Wuwas konservativer Rechnung eher siebenundzwanzig (die anderen hatte Zahlen zwischen dreißig und třicet pět im Sinn). Von beiden Seiten drückten sie sich gegen den Fresstrog, Wuwas gegen Sportmanns Rücken, Doktor Felderers gegen Veras, Doktor Veverkas gegen den des jungen Blawicz. André und Kuki fehlten; sie waren irgendwann im Wald verschwunden.

Doktor Felderer hielt unverdrossen die Hand ausgestreckt, um die Stärke des Regens zu prüfen. Neblig war es auch. Unter Doktor Veverkas Sohlen schmatzte der Schlamm.

Die Beacher wurde als Erste müde und ließ sich in den Trog sinken, die harten Körner erinnerten ihren Hintern sanft an ein Sitzkissen.

«Auweh, meine Füß'», sagte Sportmann.

«Du musst öfter wechseln», riet Doktor Felderer und trat in zwei Storchenschritten auf der Stelle: «Standbein. Spielbein.»

«Steißbein», sagte Sportmann, als Felderer im Schlamm lag.

«Ein falscher Tritt», ächzte Doktor Felderer.

«Jeder Britt – ein falscher Tritt», assoziierte Ernst Wilhelm Wuwa zufrieden und grub sein Zigarettenetui aus der Jackentasche. «Es ist übrigens – wo wir gerade so traut beisammenstehen – eine alte Theorie von mir, dass der Erste Weltkrieg nur so lange gutgegangen ist, wie wir über gute Propaganda verfügt haben, über Tritt-Britten, Stoß-Franzosen, Schuss-Russen. Mit dem Kriegseintritt der USA wurde das unmöglich. Jeder Ami ein … ja, was? Daran wäre sogar ein Rilke gescheitert. Und erst Länder wie Guatemala, Siam, Liberia, Honduras, das waren keine greifbaren, reimbaren Feinde mehr, 1917, 1918 ...»

«Jedem Ami eins in die Salami», schlug Sportmann vor.

«Zu lang.»

«Jedem Ami», parierte Sportmann, «eine Kalami – ergänze: -tät! Kalamität. One cigarette for the blitzdichter, please!»

Wuwa gab ihm eine.

Doktor Felderer von unten: «Jeder Guatemaltek ein Schreck!»

«Jeder Türk ein Würg!» Wieder Sportmann.

«Halthalt, keine Waffenbrüder!», protestierte Wuwa.

«Jeder Stich ein Griech?»

«Jeder Serb ein Verb.»

Verwirrung.

«Jeder Schlag ein Sandschak», probierte Doktor Felderer, «ein Slowak!», verbesserte Sportmann und drehte seine Belohnungszigarette ins Mundstück, «hingegen: Jeder Sandschak – ein Sandsack!»

«Jedem Siames was ins Gesäß!»

«Zu lang!»

«Jeden Čech ein Štech.»

Jedem Palästinenser eine Watsche von Bud Spencer, dachte die Beacher.

Der wieder emporgekrochene Doktor Felderer wollte das Spiel beenden – mit dem Hinweis auf die Supranationalität des Habsburgerreiches und die Toleranz des Erzhauses, das schön dumm gewesen wäre, gegen die verbündeten Türken oder sogar die eigenen Völker der Tschechen und Slowaken Schmähgedichte zu richten. Wuwa sprach vom deutsch-österreichischen Primat. Das Gespräch versickerte, man rauchte, durch das Dach der Futterkrippe tropfte es.

«Im Café Semmerl wär's jetzt trockener. Wenn wenigstens nicht der André davongerannt wäre, dann hätten wir den Rucksack und das Essenszeug, den Sekt ...», muffte Sportmann.

«Er hat den Proviant?», fragte Wuwa. «Warum? Nach meiner Einteilung hätte um halb eins der Ferry Blawicz den Rucksack übernehmen sollen.»

«Nach deiner Einteilung hätten wir ein unsichtbares Marterl finden sollen, wären um zwei auf der Hütte gewesen, und die Sonne hätte uns geschienen!»

«Ich hätte einen Speisepilz anzubieten», sagte Doktor Felderer.

Aber in Sportmann glühte wieder der Grant gegen Wuwa auf: «Deine Einteilung! Dein Google, dein ...»

«Batoh? Ten mám já! André mně ho dal, protože jemu byl moc težkej ...»

«... und statt aufzupassen, dass André nicht mit unserem Proviant stiften geht, machst du lieber ...»

«Mám otevřít šampaňský?»

«Jetzt halt halt den Schnabel, Sportmann», unterbrach der junge Blawicz, «hörst du nicht zu? Veverka hat den Rucksack!»

Sportmann maulte noch etwas in dem Sinn, dass Doktor Veverka da schon früher hätte draufkommen können, war dann aber still. Doktor Felderer und Wuwa nahmen Doktor Veverka den Rucksack ab, breiteten eine Decke über den Fresstrog, Blawicz verteilte Plastikbecher, und zu sechst über die Futterkrippe gebeugt, ästen sie.

Die Stimmung besserte sich. Der Regen hatte nachgelassen, Doktor Felderer öffnete den Sekt, der Korken knallte. «André denkt jetzt im Wald, der Förster schießt auf ihn.»

Die Beacher ließ sich einschenken und stieß mit dem jungen Herrn Blawicz an. «Warum Sekt?», fragte sie und kaute ein gekochtes Ei hinunter.

Der junge Blawicz schwenkte seinen Becher und sprach: «Frau Bacher, gut, dass Sie fragen. Es ist so: Wir freuen uns – ich spreche jetzt einfach für uns alle, ist in unser aller Sinn –, dass Sie es zu uns geschafft haben, eine moderne junge Frau, die keine Scheu vor alten Ideen hat und vor alten Herren auch nicht – möchte mich da selbst einmal kokettierend mit einschließen, gell –, und ich will Ihnen namens unserer kleinen Runde gerne das Du antragen, wenn Sie nichts dagegen haben. Ja?»

Vera war einverstanden, die Plastikbecher stießen lautlos aneinander, und Ernst Wilhelm Wuwa nahm das Wort: «Fiducit. Darf ich meinerseits die Gelegenheit nutzen, den Plastikkelch zu erheben?»

Er prostete über den Trog. «Es freut mich, dass unser beharrlicher Widerstand gegen einen hochmütigen Staat, der sich für selbstverständlich hält, Unterstützung erfährt. Weil junge Menschen zu uns stoßen, junge Menschen wie du, liebe Vera, unsere Neu-Füchsin, und sei es auch nur als Gasthörer, wenn du den Ausdruck gestattest – als Gasthörerin, die sich von einem erstmaligen Besuch in unserem nostalgischen Club nicht abschrecken lässt, sondern wiederkommt, um ihren Blick zu schulen für das Gestrige und Faulende an unserer republikanischen Gegenwart. Willkommen bei uns, wir sind die Avantgarde. Denn nur, wer am Arrivierten bereits das Absterbende erkennt, der ist modern, wohingegen die Gegenwartsverherrlicher immer zu spät kommen. Liebe Freunde, kündigen wir die Zeitgenossenschaft! Wenn das Parlament dieser Tage die Abschaffung einer uralten Ungerechtigkeit beschließt, dann ist uns das Bestätigung und ein zweiter Grund, anzustoßen; ich spreche selbstverständlich vom sogenannten Habsburgerparagraphen des Jahres 1919. Künftig ist ein Mitglied des Erzhauses nicht mehr davon ausgeschlossen, zum Staatsoberhaupt gewählt zu werden. Eine Ungerechtigkeit, die bereits am 10.11.1918 – ein verfrühter Faschingsscherz – siebenhundert Jahre Regierungserfahrung aus purem kindischen Trotz auf den Misthaufen gekippt hat! Die Beseitigung eines Schandparagraphen also, die uns gleichwohl nicht vergessen lassen soll, dass die zu Beginn des Interregnums in Aussicht gestellte Volksabstimmung über den Fortbestand der Monarchie bis zum heutigen Tage nicht durchgeführt worden ist und wohl so lange verschleppt werden wird, bis auch der letzte Aufrechte gestorben ist – das wirst vielleicht du sein, Ferry, oder das Fräulein Vera –, kurz, bis die 1918 oktroyierte Republik, die, nebenbei erwähnt, schnürlgrad in die braune Diktatur geführt hat, sämtliche ihrer Gegner überlebt haben wird ... sofern nicht wir, eine kleine Schar von Sturschädeln, dieser Staatsform, dieser Formlosigkeit einen saftigen Strich durch die Rechnung ...»

Doktor Felderer: «Aha, aha, interessant – die Abschaffung des Habsburgerparagraphen, unser Verdienst. Weil die Republik Angst vor uns hat. Bravo, Ernstl, gratuliere! Prost!»

«Nicht Angst vor uns persönlich! Aber der Zulauf – siehe das Fräulein Vera ...»

«Da es um mich geht», sagte die Erwähnte, «darf ich einmal nachfragen: Sie wollen nun also Otto von Habsburg überreden, als Bundespräsident zu kandidieren? Verzeihung: Du willst, Ernst Wilhelm.»

«Einmal Siezen – eine Runde. Schade, dass wir hier nicht bestellen können. Schreib's auf, Sporty.»

«Aber jetzt weich nicht aus», sagte Sportmann, «sie fragt schon zu Recht.»

«Nun also, liebe Vera, da du fragst – zu Recht, wie Sportmann behauptet –, sei dir auch geantwortet: Die politische Perle Habsburg dem Wählerpöbel vorzuwerfen, ihm eine Kandidatur gegen das Gesindel von den Systemparteien zuzumuten, damit er günstigenfalls als weitere republikanische Winkkatze endet, das könnte höchstens ein historischer Witz sein.»

Die liebe Vera schwieg. Aber sie war mit der Antwort nicht zufrieden, und so schob sie ihre Nachfrage eine Weile im Mund hin und her, bis sie schließlich herausmusste: «So. Ich frage mich aber – und ich fühle mich sehr nett aufgenommen bei euch, das ist es nicht –, aber ich frage mich seit unserem ersten Treffen: Wohin soll das am Ende führen? Was seid ihr für ein Verein, was ist das für eine Runde?»

«Unsere Runde», sagte Ferry Blawicz, «ja, das ist ganz unterschiedlich, Doktor Veverka und Wuwa teilen sich eine Kanzlei im dritten Bezirk beispielsweise, Doktor Felderer ist Arzt und Sportmann – sag selber – Beamter in der niederösterreichischen Landesregierung – Abteilung Baurecht? Du selber, liebe Vera, als Angestellte in der städtischen ...»

«Ja, aber wozu gibt es euch?», pickte sie nach. «Was tut ihr? Geht ihr nur miteinander wandern, seid ihr Nostalgiker, räsoniert ihr im Geheimen? Trefft ihr euch zum Jammern, plant ihr die Revolution? Den Umsturz? Ein Volksbegehren? Terror? Gewaltlosen Widerstand? Was?»

«Denkarbeit», sagte Doktor Felderer sofort.

Der junge Herr Blawicz blickte angestrengt in den Fresstrog: «Nun also, wir ... haben langfristige Pläne, das ja; am Ende steht, so Gott will, die wiederhergestellte Ordnung selbstverständlich ...»

«Als poetische Utopie», sagte wieder Wuwa, «als

Phantasie des Verlustes. Warum sollen immer nur die Linken eine Utopie –»

«Sie rührt an einen wichtigen Punkt», Sportmann hatte den dritten Sekt getrunken und pochte auf den Fresstrog, «was wollen wir? Sag du, Wuwa.»

Der Regen war verstummt, die Stille hörbar. Munter schüttelten die Bäume das Wasser ab.

«Was mich betrifft», sagte schließlich Doktor Felderer, «so muss ich gestehen: Ich bin irgendwann um 1900 überholt worden. Ganz einfach. Seither versuche ich, mit dem Danach fertigzuwerden. Eigentlich – mein politisches Ziel, nur meins, mein ganz privates –, eigentlich möchte ich die Zeit anhalten ...»

«Ah so?», sagte Sportmann, «interessant, da sollten wir einmal einen Konsens finden. Ich dagegen ...»

Beim Abstieg.

Wuwa, den Sekt in der Rechten, zwischen Neid und Anerkennung schwankend: Einmal nahm ihm die Beacher die Flasche weg, er verlor das Gleichgewicht, konnte aber dafür beide Hände benutzen, um über die Böschung hinabzuklettern. Ein anderes Mal kullerte er den Abhang hinunter und war danach schmutziger als Doktor Felderer. Aber ob er stürzte oder kletterte: Zu reden hörte er nicht auf.

«... muss da erst ein kleines Fräulein kommen und uns erzählen, wie wir es zu machen haben, hervorragend! Ich bin seit 1971 politisch engagiert, meine Liebe, ich habe mit sieben Bischöfen und zwei Kardinälen gegen Kontrazeption und Fruchtabtreibung demonstriert, ich habe es mir mit Tausenden kleinen Fräuleins verdorben damals – und dann kommt, nach Jahrzehnten des Kampfes, kommt da eine junge Dame, besucht zweimal unsere intime Runde, circt ein bissl herum – und den Herren Sportmann, Felderer und wie sie alle heißen verdreht sich der Kopf, sie brechen in Imponiergehabe aus, die Silberrücken, kriegen auf einmal ihre grauen Pöpsche hoch ...», sich in Bewunderung redend: «... versteh mich nicht falsch: Alles, was diesen fußlahmen Haufen motiviert, unterstütze ich. Siehe, da vorn marschieren sie wie die aufgeregten Entlein, eifrig schnatternd, einer wie der andere entflammt, dich zu beeindrucken mit seinem Engagement für die Sache – anstatt, wie sonst, im eigenen Saft zu schmurgeln. Ich bin dir da wirklich zu Dank verpflichtet. Verpflichtet, allerdings! Verpflichtung ist unfreiwillig. Nicht böse sein, aber es ist deprimierend, mit jahrelangen Predigten, mit leuchtend klaren Argumenten überhaupt nichts ausrichten zu können bei diesen Eseln – meinen Miteseln, Gott sei's geklagt, und dann kommt ein junges, hübsch anzusehendes ...», allmählich wieder ergrimmend: «Kluge Ratschläge von Teilzeitlegitimistinnen – aber freilich, natürlich, der Advocatus Diaboli in Görenform ist natürlich was anderes, als wenn er im Körper eines sechzigjährigen katholischen Tatterers steckt, jawohl, prost! Pfah, weißt du was? Vielleicht sollten wir dich an unsere Front stellen, da fressen uns die Medien aus der Hand, vielleicht noch heiratest du einen Prinzen, einen Wittelsbacher oder so etwas, gibst dann Interviews, häh, wir werden richtig berühmt ...» Dieser Gedanke begeisterte ihn wieder so, dass er ihr kumpelhaft auf die Schulter haute. Sie ging in die Knie.

«Nicht so ernst nehmen den Ernst, gell», raunte der Herr Blawicz und fing sie auf. Sie dankte. Wuwa, der ihnen schon ein paar Schritte enteilt war, verlosch in der Dämmerung, und nach einigen zaghafteren Schritten folgten sie Doktor Felderers Stimme, die plötzlich erklang:

«Kuki! Da bist!» Bellen war jetzt zu hören und das Bespringen Felderers durch den Hund, nur wenige Meter entfernt, auf dem Parkplatzschotter. «Ja so was! Hast du ganz allein hergefunden? Jaaa, brav! Den André hast du verloren im Wald, oder er hat dich verloren? Ist der jetzt ganz allein im Wald? Jaa, ganz allein im Wald? Ist er das? Ja?»

Ein blechernes Geräusch war zu vernehmen, als Doktor Veverka das Auto fand.

«Wo ist der denn wirklich, der André?», fragte Blawicz aus dem Finsteren.

«Hat die Stasi geholt», brummte es aus Wuwa. «Weil wir jetzt politisch aktiv werden.»

«Der findet schon zurück», meinte Doktor Felderer. «Er hat ja auch noch seinen Opel. Und wir Hübschen? Letzte Runde im Café?»

Der Vorschlag wurde angenommen, zu sechst

drückten sie sich in den VW. An der Autotür drehte sich Sportmann noch einmal um. «Herrlich, ja – die Natur», sagte er, betrachtete gründlich den Horizont, von links nach rechts, und die umfinsterten Wipfel rauschten ihm zu. Er stieg ein, schloss nach einem Zögern die Tür, kurbelte aber gleich das Fenster herunter: «Schon schön! Majestätisch hebt der Hirsch sein Haupt, lustig schallt des Jägers Horn, piff-paff, Hase und Igel … so ist das.»

Und so war das auch.

Sechstes Kapitel

Waldrada im Café Semmerl

Beim Floristen. Böhm-Ermolli-Straße 18, neun Uhr sechsundvierzig, nächst Café Semmerl.

Der Blumengeruch ließ sie wieder zu Sinnen kommen. Sie war zu spät munter geworden, mechanisch in Richtung Innenstadt gefahren, immer wieder hatte sie auf die Handyuhr gesehen und die in gemächlichem Sonntagstempo fahrende Straßenbahn mit kleinen Faustschlägen gegen die Holzlehne angetrieben – auf dass es sich ausginge, vor dem Polterabendtreffen um zehn Uhr noch einen Gratulationsstrauß zu kaufen. Erst drinnen, von Duft umschwallt, wurde ihr klar, dass die Braut gar nicht da sein würde.

«Sie wünschen?», fragte die Verkäuferin.

«Ja, was wünsche ich?», fragte Vera Beacher zurück.

«Schauen Sie sich um», bot die Verkäuferin an und machte eine Handbewegung, als hätte sie all ihre Blumen selbst erfunden. Die Beacher sah auf das Handy: noch vierzehn Minuten. Man könnte doch den Damen je eine Blume schenken, zum Warmwerden? Und vielleicht ließ sich diese Blume dann beim Polterabend tragen, als Erkennungszeichen. So brauchte es wenigstens keine dieser blödsinnigen Gruppenverkleidungen.

«Die weißen sind schön», sagte sie.

«Sie meinen welche? Die Lilien?»

«Die hinter Ihnen», sie streckte den Arm aus, «neben den Sonnenblumen … vor den Rosen.»

«Die Pelargonien?»

«Weiter rechts.»

«Der Rittersporn?»

«Nein – neben den Sonnenblumen und …»

«Die Sonnenblumen? Ach, Sie meinen die Georginen?»

«Also, neben den gelben Georginen, wie heißen die?»

«Tuberosen.»

«Oje! Dann nehme ich doch lieber andere. Die mit dem Rüssel sind schön.»

Die Verkäuferin zog fünf Narzissen aus dem Bündel und schlug sie in Packpapier ein. Keine Tuberkulosen, dachte die Beacher beim Zusehen. Man sollte besser vorbereitet sein, wenn man zum Floristen geht. Eine Supermarktkassiererin ist ja nur der vorletzte Dreck: Hunderte verschiedene Pflanzennamen auswendig zu können, obwohl das den Kunden überhaupt nicht interessiert – das ist wahrhaftig Hirnverschwendung. Demütig nahm sie den Strauß entgegen, zahlte und ging.

Es war eigenartig, nach den paar Stunden schon wieder im Café Semmerl zu stehen – so, als hätte sie etwas vergessen. Der Kellner war derselbe wie letzte Nacht. Doktor Felderer hatte ihn Ladi genannt, das traute sich die Beacher nicht, sie hob den Arm halb und sagte: «Entschuldigung.»

Ladi löste sich aus dem Rahmen der Küchentür, an dem er gelehnt war. «Bitte schön.»

«Ich habe einen Tisch für sechs Personen reserviert.»

«Kein Problem. Setzen Sie sich einfach dorthin, wo Sie gestern aufgestanden sind, junge Dame.»

Alleine saß sie auf ihrem Platz am Tischende, die Blumenstiele tropften ihr in den Schoß.

Was sind wir, da wir nüchtern, unbeirrt, marschieren wolln?

(dichtete sie,)

Ein trunken schwankend Fassl.

Wo wir in unsrer Brust ein gusseisernes Herz besitzen soll'n?

Ein unvollständig Puzzle.

Abends war sie betrunken oder müde, am Morgen unausgeschlafen. Wann war sie überhaupt bei Sinnen? Links von ihr hatte gestern Nacht Wuwa Platz genommen, unaufhörlich auf sie einredend. Er habe zu viel Champagner erwischt in der Futterkrippe, manchmal fahre der besonders, er habe nämlich, was sie nicht wissen könne, eine alkoholunverträgliche Zuckerkrankheit (eine Alkoholintoleranz? etwas in der Art);

und was er beim Abstieg gesagt habe, tue ihm teilweise leid, und sie habe insgesamt absolut recht: Man müsse als politische Gruppe sichtbar und aktiv werden, blabla, blablabla. Gegenüber von Wuwa saß Doktor Veverka, rechts der junge Herr Blawicz (Ferry). Die Küche war bereits geschlossen gewesen, weshalb Doktor Felderer zweimal hinausgegangen war und Käsekrainer vom Würstelstand geholt hatte, erst eine für Kuki, dann, angeregt von dessen gierigem Schlingen unterm Tisch, eine für sich selbst ...

«Servus! Waldrada Gruber. Du musst die Vera Beacher sein!»

Drei junge Frauen waren an den Tisch getreten. Sie stand auf, reichte Waldrada die Hand, dann Anna, von Anna 2 gab es Bussi-Bussi.

Waldrada nahm Wuwas Sessel ein, die beiden Annas schüttelten sich aus ihren Mänteln. Der herbeigeeilte Ladi zog an den Ärmeln von Anna 2 und nahm über ihre Schulter hinweg die Bestellungen entgegen.

«Na schau! Narzissen», bemerkte Waldrada und blickte unter den Tisch, wo die Beacher den Blumenstrauß hielt.

«Damit wir gleich ein Erkennungsmerkmal für den Polterabend haben.»

«Au weh, ich fürchte, Narzissen sind eher Begräbnisblumen», sagte Waldrada und lächelte nett. «Kann passieren, Frau Trauzeugin!», und ohne Pause zu Ladi: «Einen gemischten Salat, ein Soda. Und haben Sie Vasen? Meine Freundin möchte ihre Blumen loswerden.»

«Cheese!» Anna I war ihren Mantel an Ladi losgeworden, darunter trug sie eine Kamera. Vera kniff die Augen zusammen und zog die Lippen in die Breite.

Aus der folgenden dreistimmigen Bildbewertung, der Durchführung einer zweiten, verbesserten Aufnahme und dem von Waldrada vorgenommenen Gegenschuss (sie sagte «Cheers, Mädels!») hielt Vera sich heraus; ausführlich kratzte sie sich am Kinn.

«Das Wichtigste ist das Heraushalten», hatte ja auch Doktor Felderer gestern, schief im Sessel hängend, weil unablässig seinen Hund streichelnd, Wuwa entgegengehalten: «Wir sollten unsere Nische nicht verlassen, Ernst. Ist doch schön, wenn sich alles langsam einrenkt, wenn der Habsburgerparagraph fällt, aber wir sind Denkmenschen, keine Tatmenschen. Tadellos, weil tatenlos!»

Beim Wort «Nische» hatte sie gestern alkoholgedämpft und träge an die ehemals geheimen Zahnräder aus dem «Rosenkavalier» denken müssen, an den Trottel, der zwischen diesen Zahnrädern saß, und hatte mit schweren Lippen ihren neuen Ohrwurm gepfiffen.

«Paulus, Römerbrief», hatte Doktor Felderer zitiert: «‹Stellet euch nicht dieser Welt gleich!› Du dich auch nicht, Ernst!»

«Ich muss dich leider ein bisschen rügen, du hast den Wuwa geweckt», hatte Ferry Blawicz von rechts gesagt, da Wuwa von links nicht aufhörte, auf sie einzureden. Und weiterzutrinken, trotz Alkoholunverträglichkeit.

«Ferry», hatte sie geantwortet, sich ihm zuwendend, die Hand operettenhaft ausgestreckt, mit offener Handfläche nach oben. Jetzt wiederholte sie die Bewegung in reduzierter Form.

Rechts saß jetzt Anna 2, die die Geste als Aufforderung nahm, etwas zu sagen: «Also, wie machen wir's? Wie hast du dir das alles vorgestellt?»

Sie fragte nicht Vera, sondern in die Lücke zwischen Vera und Waldrada hinein.

Waldrada wartete eine Höflichkeitssekunde, dann legte sie ihre Hand auf die der Beacher. «Also – wenn ich für mich sprechen darf», sagte sie, «ich bin sehr dafür, unsere liebe Lisa zünftig zu entführen.» Sie begann, Veras Handgelenk zu massieren. «Ich habe schon eine Idee, wir machen das so wie Cynthia und Sally, als sie Monique nach Vegas verschleppen. Mit den schottischen Dudelsackspielern, die dann im Hotelzimmer auftauchen ...»

«As long as they don't take our lingerie, I am okay with that», sagte Anna 1 und lehnte sich mit geschlossenen Augen zurück. Waldrada prustete durch die Nase.

Anna 2 wartete ab, bis ihr Prusten verklungen war, und setzte dann mit Zwitscherstimme fort: «Scheiße, Monique ist betrunken! Eskalationsstufe eins! Ist einer von den Schottenjungs minderjährig? – Natürlich nicht! – Sorry. Dann natürlich Eskalationsstufe null!»

Der unausgeschlafenen Beacher erschloss sich eben, dass mit Lisa Zecki gemeint war, und in einem zweiten Denkstrang erwog sie ihre Meinung über Leute, die abwesende Dritte ohne Erklärung beim Vornamen nannten, als wären diese allen Anwesenden vertraut (ein Zeichen von entwicklungsverzögerter Egozentrik? Kinder taten das: von irgendwelchen unbekannten Tanten oder Schulkameraden reden, als wüsste alle Welt genauso gut über ihr Leben Bescheid wie sie selbst. Oder war es ein liebgemeinter Vorschuss an Intimität?).

Da bekam sie einen tiefen Blick von Waldrada – um deren Augen leuchtete waschbärenweiß der Abdruck einer Ski- oder Sonnenbrille – und einen verschwörerischen Klaps auf den Oberarm. «Musst du auf Englisch ansehen, auf Deutsch kannst du's echt vergessen», sagte sie. Die Beacher nickte verschwörerisch zurück und rieb sich mit dem Zeigefingernagel über die Wange.

«Also Las Vegas?», fragte eine der Annas und fing damit wieder Waldradas Aufmerksamkeit.

«Nein, Schottland!», sagte die aufgedreht. «Wir entführen unsere liebe Lisa in die schottische Provinz, da buchen wir dann einen Stripclub, und sie kann endgültig die Frage klären, was die Männer da unter ihren Kilts tragen. Mit unserer Hilfe, natürlich. Ich hab uns auch schon ein Hotel rausgesucht. Die wird sich wundern, hihi ... echt, als Monique damals in der zweiten Staffel geheiratet hat, haben wir uns so über das Hochzeitskleid amüsiert, unvorstellbar, und da ruft mich die Lisa an mittendrin, weil sie so gelacht hat über das Hochzeitskleid – das war noch zu Zeiten von

Festnetztelefonen, really, und in der Werbepause ist sie rübergekommen zu mir, in unsere Wohnung damals in Döbling, und wir haben uns den Rest zusammen angeschaut und uns so zerkugelt, echt, und uns geschworen, dass wir nie in so einem Fetzen …»

Vera Beacher hatte sich zurückgelehnt, die Hand vor dem Kinn. Sie schaute unter halb geschlossenen Lidern in den Eckfernseher, der wieder ohne Ton lief: Eine ältere Liedsängerin stand neben einem Klavier auf einer abgedunkelten Bühne, Elisabeth Schwarzkopf, Anneliese Rothenberger oder Anneliese Rohrer oder so jemand, in Schwarz-Weiß. Das Gesicht in Nahaufnahme, aufgerissene, «erschrockene» Augen. Weil nichts zu hören war, bewegten sich die Lippen der Sängerin zu den Worten des betrunkenen Ernst Wilhelm Wuwa, die der Beacher jetzt wieder einfielen:

«Der Slawe ist ein großes Kind
tief drin im Völkerkerker!
Ist nicht gescheit, ist nicht geschwind:
gut, dass wir keine Slawen sind!
(Als Ausnahme: Veverka.)»

Wie hat er das gestern genannt, dachte sie: «Völkerspottverse». Daher mein Dichtbedürfnis also, vorher beim Reinkommen … Das Fernsehpublikum erwies der Schwarzkopf oder der Rothenberger einen stummen Applaus, und sie spürte aus Kilometertiefe eine Ahnung aufsteigen, von welcher Sitcom oder Serie die anderen redeten; ein bestimmter Tonfall aus dieser Serie fiel ihr ein, sie versuchte, ihn mit Worten zu füllen, um eine der Annas ebenfalls zum Lachen zu bringen. Konzentriert blickte sie durch den Fernseher hindurch, froh über die Beschäftigung. Als sie die gesuchte Szene fast erwischt hatte, entglitt sie ihr.

Wäre es nicht manchmal praktisch, sich mehr für solchen Mist zu interessieren? Dabei pfeife ich auf diese Scheiße, dachte sie, plötzlich entschlossen und zugleich behaglich vergnügt, weil der Satz von Zecki stammte: «Ich pfeife auf diese Scheiße». Auf etwas zu pfeifen, erklärte sie – sie stellte sich das Fernsehpublikum als Zuhörer vor –, das war die vornehme Art des Draufscheißens. Aber auf die Scheiße zu pfeifen, Herrschaften: Allerliebst! Eine rührende Melange aus Vulgarität und Sittlichkeit, die vom Sprachgefühl Zeckis zeugte, denn: Auf die Scheiße zu scheißen, beispielsweise, das wäre nicht doppelt vulgär gewesen, sondern schlicht Schwachsinn, gell ...

Man müsse seine Weltabgewandtheit ablegen, hatte Wuwa gestern Doktor Felderer geantwortet. Allerdings, und verspätet nachnickend gab ihm die Beacher recht, allerdings nicht den Beifall der Mehrheit heischend (oder ihr Interesse fürs Fernsehen teilend, ergänzte sie) – nein, väterlich führend; sich ohne Scham zur Avantgarde bekennen, die man nun einmal darstelle, und die Jugend aus dem halbherzigen Egalitarismus erlösen und aus der kalten Freiheit, die doch nur die Freiheit des größeren Geldbörsels sei, so Wuwa ungefähr.

«Das Freiheitsgequake immer!», hatte er gesagt. «Als ob der Mensch innerlich frei sein wolle! Wer wählt die Liebe frei? Das tiefste Gefühl der Menschheit, immerhin! Die Jugend, die uns in letzter Zeit zuströmt», hier hatte Sportmann, der neben Wuwa saß, Ferry und Vera angelächelt und ihnen beidäugig zugezwinkert, «die sehnt sich nach Liebe, nach Annäherung, ja, Hingabe! Wonach denn sonst?» Sie brauche einen, auf den sie ihre Sehnsüchte richten könne, diese Jugend, einen gemeinsamen Kaiservater: Den dürfe sie lieben, dem dürfe sie sich ergeben, «dem darf sie auch einmal einen Streich spielen – Hauptsache, sie hat ihn»!

Und Sportmann hatte gesagt: «Die jungen Leute! Die wissen gar nicht mehr, was das ist, Liebe und Hingabe.»

Ladi war an den Tisch getreten, das Frühstück auf einem Tablett. Er stellte eine Würsteleierspeise vor Vera ab, Salzpfeffer, ein Mineralwasser und einen Salat vor Waldrada sowie eine Blumenvase. Hinter ihm standen zwei Frauen in Mänteln und winkten.

«Guten Morgen, sorry die Verspätung … Miriam!»

«Vera.»

«Hallo, ich bin Felice.»

«Waldrada Gruber.»

«Miriam. Ist ja ein nettes Café!»

«Hallo! Anna.»

«Anna.»

«Dich hätte ich jetzt ja gar nicht mehr erkannt!»

«Mich?» Die Beacher streckte den Kopf aus dem Begrüßungsgewusel.

«Ja klar dich, wir waren gemeinsam in der Volksschule!»

«Ja?»

«Die Elisabeth, die Anna Traisenbacher, du und ich! Tschendl, Miriam! Ich war zwei Klassen über euch, mit deiner Schwester Edith.»

«Ach so …»

Sie schloss die Augen, wie um sich zu erinnern, aber in Wirklichkeit stellte sie sich tot. Ihr kam die Einsicht, dass sie nicht nur die Pflicht hatte, sich für die Polterrunde insgesamt interessieren zu müssen, sondern überdies für manche Mitglieder im Besonderen. Gleich würde die Tschendl wissen wollen, wie es ihr giiing, wie es Eeedith ging, was sie arbeiteten, ob man sich nicht wieder einmal seeehen könnte … Ihr Empathiereservoir war ausgetrocknet. Sie dachte an die Plastikmilchbecher in ihrer Büroschublade, in denen alles war, was die Welt über sie wissen musste. Vielleicht reichte der Inhalt von Doktor Felderers Becher auch für Miriam Tschendl.

Sie öffnete die Augen. Miriam hatte sich auf die Ellbogen gestützt und schob den Oberkörper konspirativ auf den Marmortisch: «Jetzt fällt's dir wieder ein, ja?»

«Jetzt schon …», log sie. Sie würgte ein Lächeln heraus, spürte ein Kügelchen Rotz in der Nase und rieb am Nasenflügel, ohne das Gefühl loszuwerden.

«Sag, deine Schwester Edith! Ist die immer noch mit demselben Typen zusammen?»

«Pfja, die können einfach nicht voneinander …»

«Geh! Na schade dann, dass sie nicht zur Hochzeit kommt. Weil diesen Robert hätte sie ruhig mitbringen dürfen!»

Waldrada schnippte mit den Fingern zwischen ihren Nasen. «Hallo, time out! Du wirst schon auf deine Kosten kommen, spätestens beim Polterabend, das versprech ich dir. Wir haben uns grade etwas Spezielles ausgedacht – ich sage nur: Männer in Röcken!»

Die jungen Leute!, dachte Vera mit Sportmanns wehmütiger Stimme und verzehrte langsam ihre Würsteleierspeise. Die wissen gar nicht mehr, was das ist, Liebe und Hingabe. Nur in der Liebe ist das Dienen ohne Schmerz, so hatte das Sportmann gesagt.

«Wer vermittelt das heute der Jugend? Wer zeigt ihr die – Entschuldigung – die Geilheit des Gehorsams? Da zwängen sie sich aus lauter Fadesse in Sadomasokorsetts, aber vor dem viel tieferen Zwang einer gottgefügten, lebenslangen Ehe, davor fürchten sie sich …»

Doktor Felderer hatte angemerkt, dass es Sportmann mit der gehorsamen Liebe und der gottgefügten Ehe nicht immer so genau genommen habe, worauf Sportmann wider Veras Erwarten gelacht und noch wehmütiger gemeint hatte, keine Regel entbehre der Ausnahme, es komme in Fragen der Monogamie außerdem mehr auf den geistigen Gehorsam an …

Was wiederum Ernst Wilhelm Wuwas Widerspruch geweckt hatte: Blödsinn, das Körperliche zähle, das Geistige sei in diesem Zusammenhang bedeutungslos! Erstaunen Sportmanns.

Ja, es lasse sich sogar – und hier hatte sich Wuwas Stimme erwartungsschürend gesenkt – bis zur letzten Lusterfüllung ausreizen, dieses Geistige …

Was er damit meine?, hatte der junge Blawicz brav als Stichwort geliefert.

Nun, hatte Wuwa gesagt und den Oberkörper auf den Tisch geschoben wie Miriam Tschendl jetzt, ein paar Stunden später: Er habe da sein «höchsteigenes Spezialrezept» entwickelt, «eheliche Treue und ein gelegentliches Gspusi unter einen Hut zu bringen». Allerdings sei er – und hier hatte er, einen etwaigen Applaus ironisch zurückweisend, beide Hände gegen die Runde gehoben – aber auch bei «größter außerehelicher erotischer Anziehung niemals mit der betreffenden Person ins Bett gestiegen».

Doktor Felderer: «Respekt. Sondern?»

Es sei «viel simpler und zugleich viel feinsinniger», hatte Wuwa gesagt. Ob es die Runde interessiere? Ja, das tat es. Nun denn. Auch in einer aufrechten Ehe, so Wuwa, sorgfältig formulierend, sei es erlaubt, ja manchmal sogar nötig, «ohne die Anwesenheit des Ehepartners unbekleidet zu sein». Nun sei es «keinesfalls verboten, außereheliche Bekannte darüber zu informieren, zu welchen Uhrzeiten dies vorkommt». Auch sei es «zweifellos möglich und im sittlichen Rahmen, seine Entkleidungszeiten mit denen der Bekannten zu koordinieren», sich also «im Geiste zu verabreden, ohne körperlich das Haus zu verlassen», und zur festgesetzten Stunde dann «in der Betrachtung des eigenen Körpers» gedanklich «zu dem anderen, ebenfalls gerade entblößten Körper zu gleiten»... Das rein Sexuelle sei da von jedem selbst zu erledigen. Keine Moral aber könne die beiden außerehelich Bekannten daran hindern, «unmittelbar danach», im «Zustand der Erhitzung», ein «kühlendes, freundschaftlich-intimes Telefongespräch» miteinander zu führen. Ja, sogar «während des Erregungszeitraumes» sei ein Telefonat möglich, sofern das Gespräch «unverfänglich» sei und nicht «den körperlichen Zustand des anderen» thematisiere oder gar in «gegenseitiges Anfeuern» ausarte; dies dann, so Wuwa, sich wieder zurücklehnend, wäre nichts anderes als «schnöder Telefonsex». Und der habe neben und außerhalb einer Ehe nichts zu suchen.

Darüber hatten erst einmal alle nachdenken müssen. Doktor Felderer hatte seine Hand vom Hund genommen, im Bart gezupft und schließlich Wuwas Methode lächelnd als «anwaltstypisch» bezeichnet, weil sie ihm in ihrer «spitzfindigen Regeldehnung recht alttestamentarisch» vorkomme, «allerhand für einen erklärten Antisemiten».

«Antisemiten, Ameisentitten» hatte die Beacher, von der zunehmenden Versauung des Gesprächs beflügelt, in memoriam André gemurmelt. Doktor Veverka hatte Schluckauf bekommen, und in dessen Takt hatte Wuwa, aus Ärger gegen Doktor Felderer, eine zweite Strophe seiner Völkerspottverse dargebracht:

«Der Jude ist schwer sexuell!
Ein geckenhaft verschmockter
Verführer deutscher Dirnen – schnell
beglückt sie am Tigerfell …
(Nur nicht: der Feld'rer-Doktor …)»

Und dahinter Ladi als zweite Stimme:

«Herr Wuwa, seien Sie vernünftig.
Das ist ein anständig's Café.
Sie sind ja nicht allein hier drinnen!
Seien S', bitte, etwas stiller, sonst
muss ich die Rechnung bringen.»

Worauf Wuwa naiv-schlau zu argumentieren versucht hatte, er habe Doktor Felderer keinesfalls rassistisch beleidigt, sondern ihn konträr von der geltenden Regel ausgenommen, und im Übrigen gehe ihm das Diktat der politischen Korrektheit schon lange gegen den Strich. Doktor Felderers Hund unterm Tisch heiße übrigens «Neger». Den habe er vor fünfzehn Jahren so genannt, als dieses Wort noch nicht verboten gewesen wäre und sich niemand über den Befehl «Neger, sitz!» in der Straßenbahn beschwert hätte …

Es waren Einwände, mit denen Wuwa allerdings an Ladis Anliegen vorbeischoss: Der hatte nämlich geantwortet, ob rassistisch oder politisch korrekt, das sei ihm egal, solange alles in Zimmerlautstärke stattfinde. Die ganze Auszieherei am Telefon, hatte daraufhin

Doktor Felderer deutlich unter Zimmerlautstärke gesagt, bringe ihn zu der Frage, was man eigentlich anziehe, wenn man also demnächst den Plänen Wuwas folgen wolle, auf die Straße zu gehen und Propaganda für die monarchistische Idee zu betreiben.

«Wir müssen doch von außen als gemeinsame Gruppe wahrgenommen werden. Kurz gesagt, wie ist unsere Corporate Identity?», fragte Miriam Tschendl.

«T-Shirts! Die jungen Leute lieben T-Shirts!» Sportmann gestern.

«Vielleicht T-Shirts?» Die Beacher, heute.

Schmal lächelte Waldrada Gruber. «Super Idee, im Schlabberlook ins Striplokal – da lassen uns die schottischen Jungs sicher ran. Nein, wir brauchen was Sexyes. Minischottenröcke, so Richtung Schuluniform.»

«Uh, verrucht», purrte Miriam, die gerade aufgestanden war, und wedelte ungezogen mit dem Hintern. «Wie sind denn die Toiletten hier? Kann man die benutzen?»

«Waldi, könnte uns dein Papa nicht Polizeiuniformen checken?», fragte eine Anna.

«Der ist doch längst nicht mehr im aktiven Dienst.»

«Aber sitzt er noch im Gemeinderat?»

«Verkehrspolitischer Sprecher. Der ist voll im Einsatz, früher hat er immer geschimpft auf die Demonstranten, und jetzt organisiert er selber eine Demo gegen die rot-grüne Parkplatzpolitik ...»

«Find ich gar nicht so schlecht, wenn mich die ganzen Bauernschädel aus der Provinz nicht mehr zuparken», sagte nun wieder Felice.

«Dafür kriegst du dann drei Fahrradständer vor die Haustür gestellt, Süße», antwortete Waldrada – und so weiter, und so weiter ... das Geplauder stieg auf, wurde dichter, bis es in Schwaden unter dem Plafond des Café Semmerl hing.

Vera Beacher lehnte sich zurück, fühlte sich endlos werden beim Zuhören, aufgeblasen, jede Silbe ein Luftstoß ins Hirn: Es kam zu viel rein, das da nicht hingehörte, und verdünnte alles, woran sie dachte. Sie versenkte sich in den Anblick der vergilbten Tapete, des Fernsehers davor, des Wettermoderators darin, machte zwischendurch einen Witz, der nicht verstanden wurde, und allplötzlich fiel die Befangenheit von ihr ab: Sie merkte, dass sie die ganze letzte Stunde hindurch das Geplapper Waldrada Grubers unbewusst mit einem künstlichen doppelten Boden versehen, Bedeutung unterstellt und Anspielung vermutet hatte, wo nur leere Höhle war. Aus Nervosität war sie höflich gewesen. Als würde dies die anderen genauso höflich stimmen, als würden Veras zweideutige Äußerungen zum Dank ebenfalls günstig ausgelegt! Besser, sie wäre gleich ihrem Vorurteil gefolgt. Eine wie Waldrada – mit Perlkettchen zum Frühstück! Schmetterlingsbrosche! Skibrillenabdruck! Sommersprossen! Quelle *schnique-schnaque*! – tat das: Die schämte sich nicht für ihr Vorurteil, sondern benutzte es, um sich die Welt übersichtlicher zu machen. Und eine wie Vera entsprach diesem Vorurteil folgsam, sobald sie es spürte.

Der Nachhauseweg führte sie durch die Liechtensteingasse hinter dem Bundeskanzleramt. Sie hatte Waldradas Handynummer speichern müssen und las jetzt im Gehen den neuen Telefonbucheintrag, kindisch verlockt, ihn wieder zu löschen. Eine kleine, gekrümmte alte Frau mit Pudelhaar kam ihr entgegen. Sie steckte das Handy weg, um auszuweichen. Die alte Frau wurde von zwei Rucksacktouristen überholt. Einer davon stieß gegen ihren aufgespannten Regenschirm, sodass sich dieser im nicht allzu festen Griff der Frau wie ein Propeller drehte. Die Frau lächelte dazu. Die Beacher, ihre Arme halb gehoben, wie um die Frau aufzufangen, suchte ihren Blick; die Frau lächelte weiter. Auch einem schrankgroßen Ministerialbeamten, der sich im Vorübergehen zu der Angerempelten hinunterbeugte, mit einer Handbewegung, die Besorgnis und zugleich Hilfsbereitschaft ausdrückte und die mit der Frage «Alles okay?» übersetzt werden konnte, schenkte sie das Lächeln.

Große Zuversicht quoll auf in der Beacher. Auch du kannst alt werden, dachte sie, und das Mitleid der Welt erlangen. Musst nur im Voraus dankbar sein den hilfsbereiten Menschen.

Erneut suchte sie den Blick der alten Dame, scheinbar aus Solidarität. Dann merkte sie, dass es ihr auf ein zweites Dankeslächeln angekommen war, wo sie doch schon das erste nicht verdient gehabt hatte. Und sie tat, als hätte sie die Hauswand hochblicken wollen und dabei das Gesicht der Frau nur versehentlich gestreift. Ein schwarzer Vogel versuchte, auf einer Fensterbrüstung im vierten Stock zu landen. (Ihre Amsel? Der Volksgarten war gleich gegenüber.) Sie blieb stehen, legte den Kopf in den Nacken und sah ihm zu, wie er zweimal abrutschte.

Warum man Städte immer so weit in die Höhe baute, dachte sie. Die meisten Menschen würden den Alltag eines Kranführers schwindelerregend finden, dabei verbrachten sie selber acht Stunden pro Tag in großer Entfernung vom Erdboden. Dann stiegen sie herunter aus ihren Ministerialbüros, verschwanden in der U-Bahn und fuhren daheim mit ihren Aufzügen wieder in die oberen Stockwerke, um sich in dreißig Metern Höhe schlafen zu legen. Ganz unverständlich war der Beacher das Bedürfnis, auf Türme zu steigen: Festgeklebt am Boden stand man unten, sehnsüchtig hinaufblickend, fühlte sich schwer, dann schoss man im Aufzug rauf, um oben beglückt auf grade den Boden zu schauen, den man eben verlassen hatte … Wie ein Käfer durch die Straßen kriechen, dachte sie, aber links und rechts auf- und aufstocken, als würde man selber dadurch auch nur um einen Zentimeter größer. «Die Menschen brauchen Häuser, in denen sie aufrecht stehen können, keinen Meter höher – ohne Stiegen!» Mehrere Momente lang erschien ihr dieser Gedanke wie eine offensichtliche Wahrheit, dann fand sie ihn zu nahe an Scholle, Blut und Boden und verwarf ihn; schüttelte ihn sich aus dem Kopf und beschleunigte ihren Schritt, so, wie man nach einem fahrengelassenen Furz schnell weitergeht, um nicht als Verursacher in Frage zu kommen. (Der Gedankenfurz stieg empor, und ein Zeitungskolumnist, der hier im dritten Stock arbeitete und so einen Gedanken gerne selbst gehabt hätte, hätte ihn fast erwischt, wenn er nur im richtigen Moment den Kopf aus dem Fenster gestreckt hätte –)

Eine Gruppe Schulkinder kam ihr entgegen. Weil zwei davon höflich waren und in eine Hausnische zurücktraten, schenkte sie ihnen das Dankeslächeln der alten Dame weiter. T-Shirts!, dachte sie: Die jungen Leute lieben T-Shirts, gell, Frau Bacher? Wir müssen dann eben den Erzherzog draufdrucken lassen statt dem Che Guevara oder dem Backstreet Boy. Oder noch allgemeiner, Sprüche:

Monarchy – good for me!
Wenn Wahlen etwas ändern könnten,
wären sie verboten
Jung, kewl, kaisertreu!
Mein Herz erzog der Erzherzog

Das beschäftigte sie bis zur Rolltreppe im U-Bahn-Schacht. Gut aufgelegt, schenkte sie dem Bettler dort sechs Euro in Münzen. Von der Rührung über ihre Großzügigkeit zehrte sie, bis sie zu Hause war.

Gestern hatte sie sich müde getrunken, am Morgen war sie unausgeschlafen gewesen, nun wieder hochwach. Am Küchenfenster stehend, spulte sie den Tag ab und fand ihn im Rückblick ganz gelungen. Von Waldrada Gruber sanft entmündigt zu werden, war ihr gelegen gekommen. Ging der Polterabend gut, würde dies auch ihr Verdienst als Trauzeugin sein, ging er daneben, lautete die Ausrede: Waldrada. Offen blieb die Frage, warum Zecki überhaupt mit so einer Nuss befreundet war. Konnte es sein, dass Zecki Waldrada als Ausrede angelegt hatte, als Ausrede für Beachy, ihre beste Freundin? Damit dieser Beachy – von der Zecki wusste, dass sie der Aufgabe nicht gewachsen war – gefahrlos der Ehrentitel einer Trauzeugin übertragen werden konnte?

Denn Zecki, dachte sie, würde es nie riskieren, mir eine Bewährungsprobe zu stellen, an der ich scheitern könnte. Dafür ist unsere Freundschaft zu kostbar. Wie gut, dass es die fürchterliche Waldrada gab. Vielleicht stand sie Zecki beruflich zu nahe, um bei einem Polterabend übergangen zu werden. Vielleicht legte es die schlaue Zecki auf einen möglichst schrecklichen Polterabend an, für den sie dann Waldrada verantwortlich machen und die Freundschaft zu ihr beenden konnte (und jene zu Beachy, nebenbei, vertiefen). Vielleicht war das überhaupt der Grund für den Polterabend? Der Grund für die ganze Hochzeit?

Edith kam in ihrer blauen Schlafunterwäsche von der Toilette.

«Auch schon daheim?»

«Ich war vor dir zu Hause.»

Die ältere Beacher wies die jüngere darauf hin, dass sie eine leere Tasse in der Hand hielt, worauf die jüngere für beide Tee machte.

«Hat Robert ein schlechtes Gewissen?»

«Wieso?»

«Weil da Blumen im Wohnzimmer stehen.»

«Die sind von mir. Ich habe sie als Erkennungszeichen für unsere Polterrunde besorgt.»

«Liebe Idee. Bis zum Sommer sind die aber verwelkt. Wie war's denn?»

«Ah, na ja. So ein ÖVP-Mädchen hat dominiert. Die hat auch gemeint, Narzissen sind Friedhofsblumen, deswegen habe ich sie wieder mitgenommen ...»

«Frechheit.»

«Ja, oder?»

«Wenn die sich so gut auf dem Friedhof auskennt, sollte sie bald dorthin übersiedeln, oder?»

Vera lachte; nicht, weil sie es so komisch fand (auf denselben Gedanken war sie auch schon gekommen, allerdings hatte sie ihn besser formuliert), sondern vor allem aus Dankbarkeit gegen die Schwester, und auch ein bisschen wegen des doppelten «oder».

Tröstend schimpfte Edith weiter: «Denk dir nix, die wäre wahrscheinlich selber gerne Trauzeugin geworden und ist jetzt gekränkt, weil Elisabeth dich genommen hat. Die weiß schon gut, warum sie dich ausgesucht hat! Stell dir vor, so eine konservative Blumenschnepfe organisiert den Polterabend, was würde die vielleicht für einen unfassbar spießigen Unfug zusammenplanen ...»

Vielleicht! Der Wasserkocher sprudelte, Vera kippte das Fenster gegen den Dampf und ließ das Schnarchen des Nachbarn in die Küche herein. Ediths Idee einer «besten Freundin» schien etwas Absolutes zu sein, eine Auszeichnung, die diese automatisch zur besten Trauzeugin machte; als gäbe es unter Freundschaften nicht unterschiedliche Spezialisierungen.

Sie übergoss die Teebeutel, und ihr fiel ein, dass sie zuletzt in ihrer Volksschulzeit eine genaue Rangordnung ihrer Freundinnen hatte aufstellen können – und es einmal auch gemacht hatte: Sie hatte sämtliche ihrer Klassenkolleginnen in absteigender Reihenfolge durchnummeriert und das Ergebnis öffentlich verkündet. Weil es ihr schon damals euphemistisch erschienen wäre, die letztgereihte Nummer einundzwanzig als ihre einundzwanzigstbeste Freundin zu bezeichnen, bekam eines der Mädchen die Mitteilung, es sei die schlechteste Freundin Vera Beachers. (Übrigens nicht aus Bosheit. Sie hielt nur nichts von Heuchelei.)

Am nächsten Tag, einem magenkrampfend schrecklichen, war dann ein Zettel auf ihrem Pult gelegen, auf dem sechzehn Mädchen mit ihrer Unterschrift bestätigten, sie, Vera Beacher, wäre ab sofort ihre gemeinsame schlechteste Freundin. Zweierlei wurde ihr klar: dass die anderen den rein sachlichen Begriff einer «schlechtesten Freundin» persönlich genommen hatten, und dass sie nun neben ihrer Freundesliste auch eine Feindesliste schreiben musste. Das kostete sie einen ganzen Samstag. Und es ergab, nebenbei, ein neues Problem: Da jede Feindin von der Freundesliste gestrichen werden musste, blieben dort am Ende nur fünf übrig. Das konnte nicht stimmen. Sie zerriss beide Listen und versuchte in einem weiteren Anlauf, Freundes- und Feindesliste zu vereinigen. Die schlechteste Freundin sollte die größte Feindin sein, die beste Freundin die harmloseste Feindin; es würde eine Liste werden, die sich von beiden Enden lesen ließe.

Es war Sonntagmittag, als sie damit fertig wurde. Sie überprüfte noch einmal alle Namen. Ihr Blick blieb auf Platz elf hängen. Der Name lautete Marion Andrics. Es musste sich, fiel ihr auf, bei dieser Mitschülerin mathematisch um jene handeln, die von einer Freundschaft wie von einer Feindschaft mit Vera gleich weit entfernt war, ein gefühlsmäßiges Neutrum also, und sie bekam vor dieser Andrics mehr Angst als vor jenen Mädchen, die ihr laut Liste viel feindlicher gesinnt waren … Daraufhin gab sie es auf, über derlei genau Bescheid wissen zu wollen, und so war Elisabeth Zeckbauer immer auf Platz eins geblieben.

Sie setzte die Tasse ab. Edith hatte schon ausgetrunken, trocknete sich die Hände und gab ihrer Schwester einen Gutenachtkuss auf den Mund. «Mach dir keine Sorgen, Putzi. Das wird sicher ein schöner Polterabend. Du kannst das! Schlaf gut.»

Spätnachts.

Gut, dass ich noch munter bin, dachte sie, sonst hätte ich mich toterschreckt. Sie lauschte, ob die Türklingel Robert geweckt hatte, aber die Wohnung blieb ruhig. Auch Edith reagierte nicht. Und so drückte sie auf die Gegensprechanlage und sagte leise: «Also bitte, wenn es sein muss, dann kommen Sie halt herein.»

André stieg die Treppe hoch. Seine schlaffen Posaunenspielerwangen wogten bei jeder Stufe, die Haare hingen ihm in der Stirn, seine Hand griff weit aus, um den Körper am Geländer entlangzuziehen. Der Oberarm war nackt. Brust und Schultern ebenfalls. Er trug den Rucksack verkehrtherum, wie einen zweiten Bauch, der sich schwer hob und senkte beim Atmen, das durchgeschwitzte Hemd war mehrmals um den Hals gewurschtelt. Überall am Leib Erde, als hätte er sich damit eingerieben. Die Hosenbeine aufgekrempelt, bis zu den Knien mit mehreren Schichten Laub beklebt, stand er jetzt in seiner ganzen Schmutzpracht keuchend im erleuchteten Hausflur. Die Beacher lehnte mit verschränkten Armen in der Wohnungstür, es war ein Bühnenmoment, und sie hatte den Einsatz.

«Es hätte auch einen Lift gegeben, André.»

«Bitte entschuldigen Sie die späte Störung, Frau Beacher, unangeklopft – Ihre Wohnung ist die naheste, wenn man vom Westen aus nach Wien kommt ...»

Mit einer Handbewegung holte sie ihn herein. André folgte, blieb dreckig im Vorraum stehen, sie winkte ihn weiter ins Badezimmer. Ohne Aufforderung entkleidete er sich, hielt aber immer wieder inne, um ihr etwas mitzuteilen. «Ich habe irgendwann den Hund verloren», sagte er dann, und: «Ein Bier wäre ganz gut, hätten Sie eins?»

Sie blieb neben ihm stehen. Ein bisschen seltsam, dachte sie, jemandem beim Ausziehen zuzusehen, aber helfen will ich ihm nicht, und wenn ich ihn allein lasse, schläft er mir im Stehen ein. So also sieht ein Striptease aus. Was die Menschheit nur immer mit diesen nackten Körperteilen hat, als käme da irgendwann etwas Neues; gut, die Reihenfolge, in der man sie entblößen kann, die ist variabel. Na, vielleicht interessiert es Zecki in Schottland. Und wenn nicht, so interessiert sie doch, wer die Idee dazu gehabt hat.

Sie stoppte André knapp vor der Unterhose und schickte ihn so hinter den Duschvorhang.

«Bitte Frau Beacher, wenn Sie so gut wären, mir einen Schluck aus der Küche zu bringen ...»

Sie holte eine Dose Ottakringer und reichte sie ihm – von oben, über die Vorhangstange.

«Vielen Dank!» Sie hielt den Atem an, hörte ihn trinken, absetzen, Luft ausstoßen, weitertrinken, dann stellte er die leere Dose auf den Badewannenrand. Das Wasser begann zu laufen, ein kurzes hohles Gluckern, und der Wasserhahn wurde wieder zugedreht. Ein Pritscheln.

Seine Hand erschien und reichte ihr die nasse Bierdose. «Ich habe sie gleich ausgespült.»

«Wollen Sie nicht duschen?»

«Wenn ich darf?»

«Ja, natürlich.»

«Würden Sie mir Gesellschaft leisten?»

Eine große Sanftmut durchzog ihre Brust. Ach, wie plump, wie niedlich!, dachte sie. Sie tätschelte den Duschvorhang an jener Stelle, an der sie Andrés Schulter vermutete, und erklärte, sie habe bereits am Morgen geduscht und für zwei sei kein Platz in der Badewanne …

Aber sie hatte ihn missverstanden: «Nicht hier, unter der Dusche, Gesellschaft leisten … im Badezimmer.»

Nun war's ihr peinlich, sie zog die Hand weg.

«Nicht, dass ich Sie nicht gerne nackt kennenlernen würde», sagte er, «wenn Sie möchten, werde ich auch erst morgen früh wieder duschen, mit Ihnen gemeinsam. Bin auch eigentlich jetzt zu müde …» Er zog den Vorhang zur Seite, um aus der Wanne zu steigen.

Die Beacher drängte ihn zurück: «Duschen Sie lieber gleich, bitte! Sie haben den halben Wienerwald mitgenommen, den sollten Sie lieber hier loswerden als auf der Couch!»

Gott sei Dank, er duschte. Sie atmete durch.

Im Vorzimmerschrank fand sich ein alter Pyjama ihres Vaters mit ausgeleiertem Hosenbund, der sich auf zwei Armlängen dehnen ließ. Sie zog ein Leintuch auf die Couch, wobei sie es an den Ecken feststecken und mit großen Schritten über Blumentöpfe steigen musste; für Edith waren das Zimmerpflanzen, für andere Menschen Hindernisse.

Aus dem Schlafzimmer kam ein Gemurmel, sie horchte. Das Duschrauschen musste Robert aufgeweckt haben. Sie setzte sich auf den Couchrand und strich im Niedersetzen noch einmal über das Leintuch.

Fast saß sie, als ein Husten und ein Würgen aus dem Badezimmer sie hochschreckte. Sie machte einen Schritt zur Tür, hörte ein porzellanenes Dröhnen, beeilte sich und fiel über eine Zimmerpflanze, deren Namen sie nicht kannte. «Ficus!», fluchte sie gesittet, spürte einen Zweig brechen, drehte sich halb um sich selbst, griff mit beiden Händen nach der Tapete und fing sich wieder. Stimmen hinter der Wand. Als sie es ins Bad geschafft hatte, stand Robert über die Wanne gebeugt und zog André heraus. Sie drängte Edith zur Seite, zog an Andrés zweitem Arm und half Robert beim letzten Schwung.

Jetzt lag André neben dem Wäschekorb, nass, den Kopf auf der Brust und voll mit dem Dreck, den er beim Duschen heruntergespült, aber beim Sturz in der Badewanne wieder angenommen hatte. Am Nabel trug er ein einzelnes, zu hoch klebendes Feigen- oder eher Eichenblatt, oder noch alberner: Eichelblatt. Einmal blickte er auf, sah zu Edith, die sich nach dem obersten Fach des Medizinschranks streckte und sich dabei unters Nachthemd schauen ließ, nickte und suchte Veras Blick. Robert wusch sich die Hände.

«Ich kann Ihnen nur danken, Frau Beacher. Und Ihren Unterstützern natürlich gleichfalls. Thank you, junger Mann», sagte er und drehte seinen Kopf zu Robert. «Ich habe mich am Wasserstrahl verschluckt und fast erbrochen vor Husten, und dann bin ich ausgerutscht … Es tut mir sehr leid, die Umstände, die ich mache – dass ich in der Nacht hier eingedrungen bin, aber wissen Sie, die Erschöpfung, und ohne Handy und Geld im Wald …»

Robert half ihm auf. Vera betrachtete ihn dabei: Er schien an der Identität dieses unbekannten Duschers nicht besonders interessiert zu sein. Aber erstens war Robert ein Stumpfkopf, und zweitens hätte er wenig Recht gehabt, eifersüchtig zu sein. Sie gab André eine Rolle Klopapier, um sich den mit Duschwasser verdünnten Restdreck abzuwischen. Edith nahm ihm das Klopapier wieder aus der Hand, schob ihn zurück in die Wanne und spülte ihn ab. Danach durfte er den ausgeleierten Pyjama anziehen.

«Gute Nacht», sagte Vera.

Edith zupfte ihre Schwester am Ohr.

«Wo schläft er?»

«Ich hab ihm die Couch hergerichtet.»

«Und darf man erfahren, wer das überhaupt ist?»

«Ein … Arbeitskollege.»

«Welcher? Der Trottel?»

«Genau.»

«Ich kann ihn ja morgen beim Frühstück nicht gut Trottel nennen. Wie heißt er?»

«André.»

«Na schön. Warum er um vier Uhr früh unsere Badewanne zertrümmert, kannst du mir morgen erzählen. Viel Freude beim Schmutzrandputzen.»

Robert fragte gar nichts, der legte sich schlafen.

Bevor sie selbst schlafen ging, sagte sie André gute Nacht. Das Zimmer war bereits dunkel, undeutlich hörte sie seine Stimme:

«… noch eine Frage, Frau Beacher: Waren Sie eigentlich auf dem Gipfel? Ich hab ihn nicht gefunden. Was mich wundert, schließlich habe ich zurück nach Wien gefunden, aber den Schöpflgipfel, den nicht.»

«Wir auch nicht.»

«Und der Hund …?»

«Den schon. Der war bei den Autos.»

«Gut. Gut.»

Sie schaltete noch einmal die Lampe ein und trat an die Couch heran. «André, wie ist Ihre Meinung zu Parkgebühren?»

«Steht mein Opel noch auf der Klammhöhe?»

«Ja, aber das ist gratisser Bereich.» Sie hielt inne, weil sie nicht wusste, wie sie beginnen sollte mit dem, was sie ihm erzählen wollte. «Passen Sie auf, mir hat heute jemand von einer Demonstration erzählt, gegen die Parkplatzpolitik, organisiert von der Wiener Volkspartei. Da habe ich mir gedacht: Hängen wir uns mit unserem Anliegen einfach an diese Kundgebung dran! Unterwandern wir die! Der Ernst Wilhelm – wir sind jetzt per du – will ja schon länger heraus aus dem Gelehrtenstübchen, politisch aktiv werden, und weil der Doktor Felderer zu schüchtern ist, um selbst etwas zu organisieren, da finde ich, da könnten wir doch …»

«Frau Beacher!» Er hob den Kopf, sah sie an und schickte eine Runzelwelle über die Stirn, dass der Haaransatz zurückwich und die Augen hervortraten. «Wollen wir auch per du sein?»

«Gerne.»

Sie gaben sich Wangenküsse. Jetzt fehlt nur noch Kuki, dachte sie.

«Vera, ich sag dir was. Das sollte ich vielleicht gar nicht, aber ich sag es dir einfach trotzdem: Ich mag dich sehr gern. Dein Lächeln, darf ich dir dafür ein Kompliment machen? Wie du vorher, als ich mitten in der Nacht an deiner Tür geläutet habe – weißt du, ansonsten lächeln Frauen nicht so, meiner Erfahrung nach, zumindest junge. Nun bin ich nicht der optisch Ansprechendste, aber ich kenne das Lächeln bei jungen Frauen nur als Grimasse, so:», er richtete sich auf, zog die Mundwinkel breit, wobei er die Lippen aufeinanderpresste: ein extrafestes Verschließen des Mundes, als hätte er Schmerzen. «Zahnzeigen gilt wohl schon als Flirt bei euch jungen Frauen», sagte er und legte den Kopf wieder auf die Couch. «Aber dein Lächeln war … alte Frauen lächeln mir manchmal so zu. Die fürchten sich nicht vor mir. Deshalb.»

Damit zog er sich in den Schlaf zurück. Das Zimmer, das er hinterließ, wurde erleuchtet vom Licht des

Fernsehers, durch dessen Teletext sie vor dem Schlafengehen noch stumm zappte, um sich zu sammeln und dabei zu beschließen, morgen lange genug zu schlafen, um Edith nicht Rede und Antwort stehen zu müssen, bevor diese das Haus verließ.

Siebtes Kapitel

Im Hundshirn

Sie trafen einander zufällig in der Nähe der Johnstraße, dort, wo die Schrebergärten der Schmelz beginnen. Der eine kam vom Nibelungenviertel, der andere von Doktor Felderers Wohnung, und schon von weitem wurden sie aufeinander aufmerksam. Sie begrüßten sich ausführlich, wobei der Kleinere den Größeren einmal komplett umrundete. Und er, der Kleinere, begann auch das Gespräch, nachdem er, während der Größere schwieg, höflich einige Augenblicke gewartet hatte.

«Deine Meinung?», fragte er respektvoll über den Rand seiner Halskrause.

Der Große gähnte, sah blinzelnd nach oben, wo eine Schwalbe pausenlos zwischen Straßenlaterne und Zaungebüsch kreiste, sperrte noch einmal den Mund auf, als ob er seine Worte herausgähnen müsste, streckte sich und sagte: «Ah, grrm … warum sie unbedingt Monarchistin werden will, weiß kein Mensch. So ist sie überhaupt nicht veranlagt.»

«Aha?», sagte der Kleine abwartend.

Der Große kratzte sich müde und gründlich hinter

dem rechten Ohr, dann erklärte er: «Dass sie der verwahrlosten Frau da mit dem Rollkoffer geholfen hat, vor ihrem Büro, das ist aufschlussreich. Sie ist eine Kümmerin, aber nicht im karitativen Sinn – eine Emanzipiererin, verstehst du. Sie will der Alten helfen, ohne sich in ihr Leben einzumischen. Wenn sie einem Bettler Geld gibt, würde es ihr nie einfallen, zu sagen: ‹Aber nicht für Bier ausgeben!› Sie maßt sich das nicht an. Ein richtiger Konservativer – und das ist ein Monarchist immer –, der würde etwas Ideelles drüberstülpen.»

«Wie der junge Herr Blawicz, meinst du?»

«Ich nehme an, ja.»

«Aber wenn sie keine Monarchistin ist, was soll sie denn dann sein?» Die Frage kam patziger heraus, als sie gemeint war; seine Halskrause ließ den Kleinen das eigene, freche Echo hören. Er duckte sich.

«Zuallererst ist sie eine, die sich raushält», sagte der Große, vom frechen Ton unberührt. «Ich glaube, sie will die Monarchie nur, um sich selber raushalten zu können. Alle anderen sollen mitgerissen werden. Die sollen auf Paraden gehen, zum Kaisergeburtstag, Fotos machen … und sie kann dann ihre Nase rümpfen.»

«Nein, das glaube ich nicht! Mit Verlaub: Sie will die Monarchie, weil sie ein Weltbild ausprobieren möchte, mit all seinen Fehlern und Unvollkommenheiten. Und sie wählt sich ein recht abseitiges, weil das ihrem Bedürfnis entgegenkommt, irgendetwas ganz alleine für sich zu besitzen …»

«Und ich sage dir, es geht ums Raushalten. Ganz deutlich gesprochen: In Wahrheit will sie das Dritte Reich, deswegen pfeift sie ja jetzt schon tagelang das Horst-Wessel-Lied. Ihr Ohrwurm ist gescheiter als sie. Ganz innendrin möchte sie, dass die Sturmabteilung ums Eck biegt. Sie möchte ihrer Gegenwart etwas voraushaben, und das hätte sie in dem Fall. Weil sie ihr aber nichts voraushat, wünscht sie sich zumindest eine Gegenwart, die leichter einzuschätzen ist, eine bereits bekannte Gegenwart. Weil es ihr unbewusst vermessen scheint, sich nur für ihre persönliche Urteilserleichterung die SA herbeizuwünschen, sublimiert sie, indem sie sich den Kaiser wünscht. Sie will ihn – als Feind! Als nicht ganz so gefährlichen Feind.»

«Sublimieren? Erf!»

«Ich habe ein bisschen was von der Seele eines Psychologen mitbekommen …»

«Aber nicht den akademischen Teil, fürchte ich … Nein, ernsthaft: Sie will Nähe. Identifikation. Das hängt auch mit der Person von diesem Otto Habsburg zusammen, dem sie auf Umwegen nachläuft. Einer, den man als Versager der Geschichte betrachtet, einer, an dessen Kopf die Krone so knapp vorbeigerutscht ist – das gefällt ihr, das ist ein Mensch, der ausschließlich als Möglichkeit existiert. Ein historischer Witz. Ein Seiendes als Potenz, das niemals Akt wird, wenn du so willst, und das trotzdem insgeheim hofft, es in den allerletzten Tagen oder Minuten seines Lebens auf den Thron zu schaffen …»

Er verstummte angstvoll, da er die Zähne des Großen sah, er spürte, dass der Satz mit dem akademischen Teil zu frech gewesen war. Gnade heischend, fiepte er von unten. Der andere grollte noch einmal, zog dann den Kopf zurück und ließ die Zähne wieder hinter den Lefzen verschwinden. Da ihm nichts einfiel, erteilte er mit einem Nicken das Wort wieder dem Kleineren.

«Also – unmaßgeblich, aber, wenn ich das noch einmal zusammenfassen darf –», mummelte der Kleine, «ich glaube, sie will etwas für sich alleine haben. Die Vergangenheit, das Gewesene, Abgestorbene als das vermeintlich einzige Nichtverfügbare in einer Welt kapitalistisch-massenindustriellen Überangebots … Ihre politische Ansicht ist monarchistisch, weil es originell ist, denn einfältige Ansichten erträgt sie nicht, selbst, wenn es ihre eigenen sind. Darum wählt sie sich eine ausgefallene, schwierig darzustellende, zu argumentierende …»

«Und läuft treu einem uralten Mann nach, der sich Kaiserliche Hoheit nennen lässt?»

«Treu hinterherlaufen tun wir ja schließlich auch.»

«Du. Ich nicht.» Der Große streckte sich gähnend auf volle Länge. «Ich bin ein Einzelgänger. Viel alleine herumgekommen. Ich kenne die Hütteldorfer Straße wie meinen Genitalbereich, die Schmelz, den Gürtel bis hinauf zum Siebzehnten. Ich war eine Zeitlang im Ersten unterwegs, solo, schon bevor ich beim Doktor Felderer gewohnt habe …»

«Ich frage mich nur, warum du über ihre Beweggründe so gut Bescheid wissen willst.»

«Empathie.»

«Ich glaube halt», begann der Kleine, allerdings ohne die Zuversicht, die Sache richtig vertreten zu können, und schabte mit den Füßen auf dem Asphalt, «es hat mit Nostalgie zu tun, mit Vergangenheitssehnsucht. Nicht nur nach der allgemeinen Vergangenheit, sondern auch nach der persönlichen. Denn wenn es etwas gibt, das einem aus der Kindheit verlorengeht, dann doch wohl, sich einer Sache hundertprozentig widmen zu können. Sein Leben auf den Kaiser auszurichten, auf diese ganz spezielle Person Otto Habsburg, das ist nicht nur Nostalgie im Zeitalter ihrer Reproduzierbarkeit, sondern Rückbesinnung auf die Ernsthaftigkeit der Kindheit.»

«Die ganz spezielle Person Otto Habsburg – die ist mir nicht fremd.»

«Aha?»

«Ja. Ich habe etwas von seiner Seele mitbekommen.»

«Von ... wie? Von Otto?»

«Eff! Ja.»

«Aber Otto lebt doch noch.»

Der Große zog grinsend die Mundwinkel hoch. «Weißt du, wie die Seele wandert, mein Lieber? Glaubst du, die Seele ist etwas Festes, Starres, das du als Welpe aufgeladen bekommst und mit dem Tod unversehrt wieder abgibst? Die Seele, mein Freund, verändert sich im Laufe eines langen Lebens. Sie bröselt ab, wächst, nimmt Schaden, wird schlaff, dehnt sich, schrumpft ein … Teile der Seele wandern ständig. Otto ist achtundneunzig. Was meinst du, wie viel von seiner Seele bereits abgefallen ist …? Und nun rate: Wohin fallen diese Seelenreste? Und wer war oft genug bei Otto, gemeinsam mit dem Doktor Felderer, um die Reste aufzuschlecken …?»

«Dann bist du …?»

«Teils.»

«Goff! Achtundneunzig! Das sind sechshundertsechsundachtzig Hundejahre …»

Achtes Kapitel

Die monarchistische Infiltration einer Kundgebung gegen die Wiener Verkehrspolitik

Der konservative Bezirksrat Gruber war seiner Tochter nicht sehr ähnlich, dachte die Beacher, gegen den Sockel der Pestsäule auf dem Schniglplatz gelehnt, und betrachtete ihn, wie er vor einem großen Plakat mit der Aufschrift «Es reicht» und einer Stehleiter auf den offiziellen Beginn der Kundgebung wartete. Alle Probleme, die die Volkspartei in der Großstadt Wien hatte, schienen in Waldradas Vater ihre … ihre Ap- zu feiern, ihre Apostasie (das Wort fiel ihr nicht genau ein, zwischen den ineinander verschwimmenden Varianten Apotheose, apotropäisch und Anthropomorphismus kreiste ihr Denken wie ein entscheidungsschwacher Sturzgeier).

Verglichen mit der machtvollen Gelassenheit sozialdemokratischer Stadträte war Grubers Auftreten bescheiden – er freute sich über jeden, der ihn ansprach, und hielt dessen Hand ein bisschen zu lange fest. Für einen Vertreter des kultivierten Bürgertums war er zu ländlich gekleidet, er trug eine Art Lokaltracht, ein braunes Rauledersakko mit einem angesteckten

Wienwappen am Revers. Um mit einem der aggressiven Oppositionspolitiker der Rechten verwechselt zu werden, erschien er zu behäbig, er wirkte, als hätte er jahrelang mitregiert. Ohne ein Wort des Gesprächs zu hören, konnte die Beacher erkennen, wie er einen Sympathisanten erst verdross und schließlich verlor, indem er diesem mit einer scheuchenden Handbewegung das Gespräch verweigerte, zur Entschuldigung die Armbanduhr vorzeigte und dann auf die Stehleiter wies, seine Rednertribüne. Wo Grubers Tochter nur ihre rücksichtslose Weltgewandtheit herhatte? Die Vaterseite war auszuschließen. Jedenfalls, dachte sie, fehlte der Wiener Volkspartei jemand, der es an Gelassenheit mit den Sozialdemokraten, an Manieren und Bildung mit dem Bürgertum und an Feuer mit den Rechten aufnehmen konnte. Und wenn es so jemanden gab, dann war das der Doktor Habsburg. Genau so, beschloss sie, würde sie später argumentieren, und sie dachte an den Heldenplatz, den sie auf dem Herweg überquert hatte, das Zentrum des Reichs.

Man bewegt sich vorsichtig neben der Hofburg, hatte sie im Vorbeigehen gedacht; weil man immer besorgt ist, etwas aus dem Gleichgewicht zu bringen. Genauso bewegt man sich auch in Gegenwart des Monarchen selbst, des zerbrechlichen alten Kaisers, der so viel Macht balanciert und jetzt auch so viele Jahre, dass man ihm nur behutsam die Hand reicht, um nichts durcheinanderzuschütteln. Am Eingang zum Volksgarten war sie langsamer geworden, hatte auf den Leopoldinischen Trakt der Hofburg geblickt und eines der Fenster zum kaiserlichen Arbeitszimmer erkoren: Hier also saß die Macht, von hier strömte sie in alle Richtungen der Monarchie. Nicht gleichmäßig, natürlich, denn der Heldenplatz war nicht das geographische Zentrum des Reichs: Der Kaiser musste stärker nach Westen regieren, um die fernen Vorarlberger und Tiroler zu erreichen, als nach Süden und Osten, und Richtung Norden regierte er mit halber Hand, mit einem Finger; und nur, wenn ihn der Übermut packte, ein bisschen über die Grenzen hinaus nach Böhmen, das früher seins gewesen war, und der böhmische Präsident, wenn er seine Kanzlei betrat, ärgerte sich, dass ihm der Nachbar wieder hineinregiert hatte.

Zwei asiatische Touristen hatten sich neben sie auf den Sockel der Pestsäule gesetzt. Auch sie beobachteten den Bezirksrat Gruber, der nun seine Stehleiter erklommen hatte und das Wort an die «geschätzten Damen und Herren» richtete, jene fünfzig «liebe Wienerinnen und Wiener», die «so zahllos erschienen» waren. In ein pfeifendes Megaphon sprechend, hielt er sich beim Reden mit der linken Hand am Revers fest, Daumen und Zeigefinger spielten mit dem Wienwappen.

«Verkehrsplaner haben nachgerechnet, dass wir uns heute hier an einem sehr passenden Ort befinden!», rief der Bezirksrat Gruber und stach mit dem Finger von oben in die Luft, drehte sich auf der Leiter, zeigte auf eine Stelle am Straßenrand und wurde nicht gehört.

Zurufe erinnerten ihn an das Megaphon. «Ein Trauerspiel. Der kleinste Parkplatz Wiens, meine Damen und Herren!», sprach er hinein.

Die Asiaten lauschten mit geraden Rücken und offenen Mündern, als säßen sie im Konzerthaus oder im Musikverein. «Mayor of Vienna?», fragte sie der eine.

«Yes. Doktor Lueger», sagte sie.

Aus der Richtung des Heldenplatzes fuhr ein dunkler Wagen durch die Zuhörerschaft, die nun auf etwa siebzig angewachsen war. Und während sie sich vorstellte, dass es der Kaiser Otto war, der ihn lenkte, um ihn in einem einzigen meisterhaften Schwung auf dem kleinsten Parkplatz der Stadt abzustellen, persönlich (denn sein Leibchauffeur Brathuhn hatte heute frei), und dann unter Applaus auszusteigen, das Klatschen mit einer kleinen Geste dämpfend, ohne aber – denn solche Mittel standen dem Kaiser, einem Umweltfreund und Autogegner, zu Gebote! – den respektvoll verstummten und ebenfalls applaudierenden Bezirksrat zum Weitersprechen aufzufordern, da winkte ihr quer über den Schniglplatz, aus einer Parkgarage tretend …

… Doktor Felderer so lange zu, bis sie zurückwinkte. Dann erst kam er näher, schleifenden Schritts, als trüge er Schlapfen. Fest in beiden Händen hielt er einen Packen Flugzettel, verschwand zwischen den Menschen, war dann wieder zu sehen, und in ihrer fortwirkenden Vorstellung wurde er, wenn er unsichtbar in der Menge war, zum greise schlapfenden Kaiser, der seine eigene Demonstration anführte. Noch einmal verschwand er hinter dem Rücken eines Zuhörers, dann trat er als Doktor Felderer hervor. Aber als ein Doktor Felderer, der sich den Bart gestutzt hatte. Ein schmaler grauer Schnauzer war geblieben.

«Die anderen noch nicht da?»

«Nein.»

«Na, macht nichts.» Seine Finger zwirbelten das nackte Kinn. «Wir sollten uns ohnehin aufteilen, damit es nicht nach einer konzertierten Aktion aussieht. Jeder für sich alleine. Außerdem habe ich wenig Neigung, dem Wuwa beim Agitieren zuzuhören. Könnte mir vorstellen, dass er unserer Sache mehr schadet als nützt, weißt du, er hat in Wahrheit keine innere Bindung ans Erzhaus ... Gleichwie!» Er haute mit dem Handrücken auf den Packen Flugzettel. «Ich bin vorbereitet! Nicht, dass ich die austeilen will, keine Angst, ich lese auch niemandem etwas vor. Die Zetteln dienen mir als Gedächtnisstütze, und nur, wer sehr interessiert ist, darf einen mit nach Hause nehmen.»

Zwei aufgeputzte Damen standen nahe – Boutiquebetreiberinnen, Hofratswitwen, Juwelierinnen oder Tarockpartnerinnen aus einem Innenstadtcafé. Eine der beiden hatte sich umgedreht und lächelte Doktor Felderer an. Die Beacher machte ihn darauf aufmerksam.

«Wären die was für dich, Doktor Felderer?»

Er schnaufte aus, blinzelte hinüber und presste den Flugzettelpacken gegen die Brust. «Vielleicht Patientinnen von dir?», fragte sie, um ihm einen Schub zu geben.

«Möglich. Jedenfalls, die eine der beiden lacht. Darauf lässt sich aufbauen.»

«Weil du dann siehst, ob dir ihre Zähne bekannt vorkommen?»

«Was? Ach so, nein, wegen der Sympathie, meine ich …»

«Aussackeln des Mittelstandes!», rief der Bezirksrat Gruber von seiner Stehleiter, «Melkkühe» und «rot-grüne Abzockpläne», und indem Doktor Felderer so tat, als suchte er einen besseren Blick auf den Redner, trat er mit großen, vorsichtigen Schritten an die beiden Damen heran.

Die Beacher hielt sich die Hand über die Augen, weil das Gegenlicht blendete, und verfolgte Doktor Felderers Werbung. Das Wetter war gut für Freiluftpropaganda. Durch das Haar der zwei Damen fiel Sonne. Obwohl sie nicht länger Doktor Felderer, sondern wieder den Bezirksrat anblickte, hing das Lächeln im Gesicht der ersten Dame fest und wollte nicht vergehen.

«Ein Kahlschlag für die Wirtschaft, meine Damen und Herren! Das hat die linksgrüne Frau Verkehrsstadträtin mit uns vor!»

Doktor Felderer neigte sich seiner Dame entgegen, scheute sich aber, sie anzusprechen, weil er anscheinend nicht sicher war, ob das fortwährende Lächeln noch ihm galt – in dem Fall hätte er leicht mit einer ironischen Bemerkung über die Veranstaltung ein Gespräch eröffnen können – oder ob sich die Sympathie auf den Bezirksrat übertragen hatte. Er prüfte den Gesichtsausdruck der zweiten Dame, der gleichbleibend stumpf war, und versuchte es bei ihr.

«Politische Persönlichkeiten – die gibt es heute nicht mehr», sagte er.

«Wie den Doktor Gruber, meinen Sie?», fragte die zweite, ohne ihm den Blick zuzuwenden.

«Nein, Persönlichkeiten wie früher! Den Doktor Gruber gibt es ja heute.»

«Sind Sie Sozialist?», fragte die erste Dame und hörte auf zu lächeln. Doktor Felderer krümmte sich. «Der letzte gute Sozialist war der Kreisky», sagte die zweite, die weiter auf den Bezirksrat blickte, jetzt mit verschränkten Armen.

«Ich bin anders orientiert», sagte Doktor Felderer. Er straffte sich wieder, und die Beacher hörte seine Stimme vor Tapferkeit zittern. «Mit Persönlichkeiten meine ich eine Persönlichkeit wie den Erz... – den, also den Erz...»

«Den Erziehungsberechtigten von Ihnen?», fragte die erste Dame und klapste den Unterarm des Doktor Felderer, der sich daraufhin räuspern musste und bekannte: «Der Erzherzog Otto von Habsburg.»

«Ja, das ist ein gescheiter Herr!», fand die Dame und klapste Doktor Felderer noch einmal. Nun wandte sich auch die zweite vom Bezirksrat ab und bestätigte: «Sehr wahr. Ein sehr gescheiter Herr! Der Doktor Habsburg und der Kreisky, das waren noch Politiker.»

«Sehr gebildet», sagte die erste Dame wieder.

«Na gut, das muss er ja auch sein», sagte Doktor Felderer und kraulte sein Kinn. «Hat sich ja auch seit frühester Kindheit auf seine Bestimmung vorbereiten müssen, und später ein umfassendes Studium genossen …»

«Nicht so wie die heutigen Politiker! Jemand mit Haltung, ein richtiger Herr. Der wäre in keine Disco gegangen für ein paar Wählerstimmen. Heutige regieren uns ja praktisch Prostituierte, entschuldigen Sie. Hingegen der Doktor Habsburg und der Kreisky …»

«… und der Haider. Der war ein Frechdachs, aber dumm war der nicht.»

«Ja, aber darauf kommt es eigentlich nicht an, meine sehr Verehrten», sagte Doktor Felderer mit der ruhigen Selbstsicherheit von jemandem, der gleich ein interessantes Argument vorbringen wird. Bedächtig, wie unabsichtlich, zupfte er einen Flugzettel aus dem Packen. «Ob dumm oder gebildet, für die Monarchie spielt das keine Rolle. Der Kaiser kann auch ein Idiot sein, wenn Sie wollen, das ändert nichts an seiner Legitimität. Schauen Sie, Ferdinand von Österreich, der Onkel von Franz Joseph: Fraglos der legitime Monarch seines Landes, obwohl als Mensch ein simples Gemüt, keine ausgesprochene Leuchte …»

«Wie der Doktor Gruber!», sagte die zweite Dame.

«Genau», bestätigte Doktor Felderer mit starkem Nicken. «Deshalb setzen wir uns auch dafür ein, dass ein unfähiger Souverän vom Kronrat jederzeit abgesetzt und durch den nächsten Verwandten, den Thronfolger, ersetzt werden kann, wobei wir das Wort Thronfolger geschlechtsneutral verstehen, selbstverständlich ...»

«Teuer parken heißt die Wirtschaft einsargen!», rief der Bezirksrat und betonte die Silben mit dem Zeigefinger.

Abrupt drehte sich die Dame mit den verschränkten Armen weg. «Lieber Herr, Sie haben recht, den Menschen da vorne kann man wahrlich nur als unfähig und unsouverän bezeichnen. Rhetorisch ein Graus, Zuhören Zeitverschwendung. Mitzi, komm, wir gehen ins Café.»

Der Flugzettel blieb in Doktor Felderers Hand. Erst als die Beacher tröstend auf ihn zukam, steckte er ihn weg, griff stattdessen langsam in die Innentasche seines Sakkos und zog einen Flachmann hervor. «Gegen die Hitze und die Hemmungen. Kreisky! Dass die Leute immer jemanden brauchen, den sie anbeten können ... Prost. Du auch, Vera?»

Sie nahm einen Schluck. Schielte dabei am Flachmann vorbei in Doktor Felderers Gesicht. Seine Wangen waren rot, vom Alkohol oder vor Aufregung oder auch aus Stolz, jemanden angesprochen zu haben.

Sportmann, der als Einziger dafür plädiert hatte, uniform zu gehen, erschien in einer violetten Jogginghose mit weißen Leuchtstreifen, einem T-Shirt mit V-Ausschnitt und einem Kapuzenpullover. «Mimikry», sagte er und schob eine Zigarette ins Mundstück und das

Mundstück zwischen die Lippen. «Aus dem Fundus vom Filius. Wir brauchen die kleinen Leute, wenn wir's ernst meinen. Nicht die Radikalen wie Wuwa, und auch nicht die schwermütigen Philosophen wie dich, Felderer. Darf ich?» Er nahm sich den Flachmann und trank in tiefen Schlucken, den Kopf im Nacken. Die Beacher sah zu, wie sich der rechte Ärmel seines Kapuzenpullovers, ohnehin zu kurz, mit jedem Schluck weiter zurückzog bis fast zum Ellbogen.

Dann setzte Sportmann ab. «Eine Fahne macht mich authentisch, die kleinen Leute saufen auch. Ich spür's, heute liegt was in der Luft ... Mit einer Parkgebühr fängt es an, und am Ende geht das ganze System krachen. Das ist unser arabischer Frühling. Hier, mitten in Wien. Wohlsein!»

Der nun anbrechenden Diskussion, ob Sportmann eventuell schon zu Hause vorgetrunken hatte, entzog sich die Beacher und drückte sich durch die Reihen nach vorne.

Eine Glocke schlug Mittag. Der Bezirksrat Gruber hatte seine Rede beendet und die Stehleiter einem Parteikollegen überlassen. Nun stand er abseits, die Arme verschränkt, warf ab und zu scheue Blicke ins Publikum. Sie fing einen der Blicke auf.

Die Unsicherheit des Bezirksrats beruhigte sie, denn sie hatte selber Angst, jemanden anzusprechen, und redete sich gut zu: Brrr, still. Niemand kennt dich. Die Leute werden von einer Unbekannten angesprochen, die eben zufällig so aussieht wie du. Sie sehen diese Unbekannte, die in deiner Haut steckt, und wissen nicht, dass du es bist. Das weißt nur du selber. Dein Körper ist deine Verkleidung, dachte sie und sah auf ihre Hände.

Dennoch traute sie sich nicht. Natürlich, sie könnte es zuerst beim Bezirksrat probieren, der ohnehin nicht richtig zuhören würde. Aber selbst dafür fehlte ihr noch der Mut; sie spürte Neid auf Doktor Felderer, der seine erste Werbung schon hinter sich hatte, und seine beiden Damen kamen ihr nun ausgesprochen zahm vor. Dann fiel ihr ein, wer der Bezirksrat war – der Vater von Waldrada. Sie stellte sich vor, wie sie an Zeckis Seite Trauzeugin spielen würde, Waldrada und ihre Gang im Rücken, und sofort kam ihr die Rolle als Monarchistin im Vergleich schwebeleicht vor; sie fühlte sich bereit, den Leuten entgegenzutreten, dem Bezirksrat zumindest – stand plötzlich vor ihm, gratulierte ihm zu seiner Ansprache und bat, seiner Tochter Grüße auszurichten.

«Dankedanke! Und Sie sind …?»

«Vera Beacher. Wie beachten.»

«Kennen Sie Waldrada aus dem Lüsäum?» Schon zum dritten Mal sah der Bezirksrat auf, um nicht jemanden zu verpassen, der wichtiger war als diese junge Frau. Sie hatte sich nicht geirrt, er war nicht bei der Sache.

«Nein», sagte sie. «Ich war im Realgymnasium. Aber wissen Sie, Ihre Ansprache hat mich inspiriert. Ich glaube, wir brauchen wieder Staatsmänner mit natürlicher Autorität.»

«Da haben Sie vollkommen recht», sagte Gruber und hielt einen Vorbeikommenden an der Hand fest: «Grüß dich, Herr Bezirkskassier! Stehen bleiben, Fahrzeugkontrolle!»

Der andere, ein breiter Mann mit schulterlangen grauen Haaren und Sonnenbrille, ließ sich abfangen. «Servus, Gruber. Klasse Ansprache. Deine Tochter?»

«Vera», stellte sich die Beacher selbst vor, da der Bezirksrat hinter dem Kassier schon wieder jemand Neuen entdeckt hatte. «Wir reden gerade über natürliche Autorität in der Politik. Über Vorbilder für junge Menschen.»

«Ja? Gibt es das denn überhaupt noch, Vorbilder?»

«Entschuldige mich», sagte Gruber und klopfte dem Bezirkskassier auf die Schulter. Und ging ab.

«Außer natürlich den Herrn Bezirksrat persönlich», grinste der Kassier ihm nach.

«Doch, schon.»

«Wen?»

«Dr. Otto Habsburg.»

«Den? Ehrlich?» Der Bezirkskassier stellte ein Bein vor das andere, die eine Hand stak in der Hosentasche, die andere strich über den Bauch, als müsste er dieses Bekenntnis verdauen. «Der Herr Erzherzog … Nicht böse sein, aber ist das nicht jemand aus einer ganz anderen Welt? Immerhin leben wir im einundzwanzigsten Jahrhundert …»

Im einundzwanzigsten Jahrhundert. Das war noch dümmer als Fronleitners Erwähnung des Jahres 2011, dachte sie. Als wäre die Geschichte heute glücklich an ihr Ziel gelangt; als müsste man nicht lachen bei dem Gedanken, ein Bewohner irgendeines anderen Jahrhunderts würde sich mit dessen Erwähnung seiner Fortschrittlichkeit brüsten: «Nicht böse sein, aber wir leben immerhin im dreizehnten Jahrhundert …» Zumal das einundzwanzigste ja kaum erst begonnen hatte, dachte sie, sein Ende und sein Resümee also noch im dicksten Nebel lagen! Da niemand hier auf dem Schniglplatz dieses Ende noch erleben würde, war seine Erwähnung also nicht nur lächerlich, sondern sogar pietätlos: Es erinnerte die Menschen an die Grenzen ihres Lebens. Man erinnerte ja auch keinen Gefangenen an die Enge seiner Zelle. Nur mit großer Behutsamkeit durfte man daran denken, dass schon in vierzig Jahren das zweiundzwanzigste Jahrhundert näher liegen würde als das zwanzigste, dass sie, Vera Beacher, dieses Jahrhundertkippen noch bei guter Gesundheit und mäßigem Alter mitbekommen würde, tot hingegen wären: Sportmann, Wuwa, Felderer und auch der Bezirkskassier selbst, der ein bisschen füllig war und grauhaarig und der jetzt mit einem Grinsen eine Verbeugung andeutete und sagte: «Nichts für ungut. Aber mir persönlich sind die Ansichten vom Herrn Habsburg doch ein Eck zu reaktionär …»

«Die Ansichten, ja …», sagte sie zeitschindend langsam, «das ist eben das Problem mit Monarchen, ihre privaten Meinungen sind nicht unbedingt klug oder auch nur interessant. Wäre der Herr Habsburg

Kaiser geworden, dann hätte er seine Abschirmlinge gehabt, die hätten ihn davor bewahrt, öffentlich Francisco Franco zu loben oder die Austrofaschisten und sich von einem Franz Josef Strauß einspannen zu lassen. Als Monarch wäre er über solchen Leuten gestanden. Er ist nicht dafür gemacht, politische Ansichten zu haben ...»

«Herzlich willkommen in der Defensive, Fräulein!», antwortete ihr eine nahe Stimme. Es war Ernst Wilhelm Wuwa, der in einem creme-hellen Anzug neben ihr stand, die Arme hinter dem Rücken, eben noch zwischen den Zuhörern verborgen. Jetzt wurde er sichtbar, weil immer mehr Menschen um ihn herum sich aus der Gruppe lösten und den Platz verließen: Sein graues Haar umwehte die Stirn, und der Wind blies die Leute davon, Richtung Rathaus.

«Ja, jetzt müssen Sie sich verteidigen. Der Republikanismus», er wischte einen neben ihm stehenden Mann mit einer Handbewegung fort, worauf der davonging, «verlangt von seinen Gegnern immerzu Verteidigung und Rechtfertigung. Er selber erklärt sich aber nicht. Das verlangt auch niemand von ihm, und das ist gut für ihn, er könnte es gar nicht, er transzendiert ja nicht, sondern stellt sich blöd und beruft sich auf die nackte Notwendigkeit und die Pragmatik. Und der Demokratismus legt noch eins drauf: Der behauptet, alle Menschen sind ihm gleich viel wert, jeder ist ersetzbar. Statt Königen schafft er leere Funktionen, die jeder ausfüllen kann und die deswegen niemand ausfüllt. Die jeder jederzeit wegwerfen kann. Denn schließlich gilt die Ausrede: Auf den Einzelnen kommt es nicht an!»

Der Bezirkskassier, der mit krauser Stirn und schmatzenden, wie nachschmeckenden Lippen zugehört hatte, wie Wuwa sich in Rage sprach, sah nun den Bezirksrat Gruber vorbeitreiben, im Gehen jemandem die Hand schüttelnd. Da der Kassier nicht den Anschluss verlieren, aber auch nicht den Eindruck aufkommen lassen wollte, er würde vor der Diskussion flüchten, machte er nur einen kleinen Schritt rückwärts und neigte sich dabei in Wuwas Richtung, der ihm mit einem ebenso kleinen Schritt folgte.

«Verzeihen Sie», sagte der Bezirkskassier, «Sie beide sind ja offenbar Monarchisten, nicht wahr – also, nichts gegen Kontinuität, aber hat nicht der regelmäßige Wechsel auch etwas für sich? Wenn man sich den letzten Kaiser ansieht, achtundsechzig Jahre Regierung – sicher ein fleißiger Beamter, aber ansonsten …»

Die Leute!, dachte Vera mit verächtlicher Betonung und folgte dem Kassier mit einem Schritt. Zum Kaiser fällt ihnen nie etwas anderes ein als seine lange Amtszeit … In mehreren, immer größeren Schritten bewegten sie sich auf die Abraham-a-Sancta-Clara-Gasse zu, an einem Haustor vorbei, über dem «Durchgang bis auf Widerruf gestattet» stand und daneben, in goldfarben geprägten Buchstaben, etwas wie «OTTO I IMPERATOR AUSTRIAE MDLXVII».

Aber Wuwa war noch nicht fertig. «Ein von der Person losgelöstes Amt», sagte er ausschreitend, «das ist doch ein Widersinn!»

Auf der anderen Straßenseite lag eine Tabaktrafik, an der ein Messingschild an einen Besuch des Monarchen erinnerte, «der nach dem tödlichen Raubüberfall an dem Trafikanten Anton Schnagerl dessen Witwe, Frau Maria Schnagerl, die christliche Kondolenz erwies am 25. Juli 1934, 1010 Wien», oder so ähnlich. Auf Schritt und Tritt, dachte sie und machte einen solchen und einen solchen, begegnet man Hinweisen auf den Kaiser und sein Zeitalter. Was blieb, war keineswegs nur die Länge seiner Epoche, auch deren Tiefe: Er hatte sich der Stadt an allen Ecken und Wänden und Brücken eingeschrieben, und erst vor kurzem hatte ein Stadthistoriker die Anzahl der offiziellen Hinweise auf den Kaiser gezählt, mit dem Ergebnis, dass es nur noch zwei Straßen in Wien gab, in denen kein Schild, keine Inschrift und keine Plakette an einen Besuch Seiner Majestät erinnerten. In der einen davon gab es außer Privatwohnungen bloß ein Striplokal, die zweite war die Böhm-Ermolli-Straße … aber was soll der Kaiser auch dort, dachte sie, die Wohnung des jungen Herrn Blawicz besuchen? Verehrer hat er schließlich überall, und das Café Semmerl gegenüber ist auch nicht seine Kronenweite …

«Amt und Mensch sind untrennbar, mein Herr! Was der Monarch sagt, das mag mir manchmal nicht gefallen, aber ich muss mich damit auseinandersetzen.

Einem republikanischen Politiker höre ich gar nicht zu, warum auch, ich kann ihn eh abwählen. Und er merkt es nicht einmal, weil ich es geheim in der Wahlzelle tue. Was für eine Staatsform, die darauf beruht, einander anzulügen!»

«Jetzt muss ich aber – nichts für ungut», sagte der Bezirkskassier – inzwischen lief er beinahe, um aufzuholen, und drehte sich immer wieder Wuwa zu, der mit papageienhaft geneigtem Kopf und hinter dem Rücken verschränkten Armen in einem Meter Abstand folgte –, «aber darf ich Sie einmal ganz direkt fragen: Welche grundsätzliche Befähigung hat denn ein Kaiser für sein Amt, Ihrer Ansicht nach?»

«Welche Befähigung hat denn ein Demokrat? Hm, muss er etwa eine Prüfung ablegen? Sich qualifizieren? Muss er auch nur politisch interessiert sein?» Wuwa stellte sich dumm, machte ein blödes Kindergesicht, die Unterlippe vorgeschoben, was man bei seinem schnellen, ungleichmäßigen Schritt nicht gut sehen konnte. «Nein, er muss bloß existieren, um wählen zu dürfen! Jetzt bleiben Sie halt stehen, wo wollen Sie überhaupt hin?»

Im Laufen zog er auf einmal einen Flugzettel aus der Innentasche seines weißen Sakkos und reichte ihn dem Bezirkskassier, der ihn wie ein Staffelläufer übernahm. «Uns schwebt vor – eine Regierung – mit effektiver monarchischer Spitze – die bei Gefahr im Verzug eingreift – blättern Sie einmal, Seite zwei ... eine Liste – mit Hochverrätern – Doktor Karl Renner, Bundespräsident – dreifacher Hochverrat, 1918, 1938 dann 1945 … Umbenennung längst fällig …»

Sie waren am Burgtheater vorbei bis zum Ring gekommen. Wuwa fiel zurück, Vera blieb an seiner Seite, und als die Fußgängerampel auf Rot sprang, der Bezirkskassier schon mitten auf der Straße lief und Wuwa zehn Meter entfernt, hupten die Autos. Wuwa blieb stehen, die Beacher hielt unnötig seinen Oberarm fest, sie sahen den Bezirkskassier mit dem geknitterten Flugzettel ihnen zuwinken und über den Rathausplatz verschwinden.

Die Hände auf den Knien, schnappte Wuwa nach Luft. Die Ampel wurde wieder grün, er knurrte sie zwischen zwei Keuchern an, drehte ihr den Rücken zu und hämmerte mit der Faust gegen seine Brust. Widerspenstig ließ er sich zu den Eingangsstufen des Burgtheaters zerren, um sich dort hinzusetzen. Und erst als er saß, brachte er ein Wort heraus.

«Zazaza … das ist alles nix, sag ich dir. Viel disziplinierter müsste man's aufziehen … die Propaganda … aber ich allein … und mit Leuten wie dem Felderer ist da kein Reich zu machen. Niemals. Oder Sportmann, hast du ihm zugehört, vorher mit den zwei Japanern an der Pestsäule …»

Er streckte sich und schraubte die Stimme künstlich hoch, was gar nicht nach dem Bass Sportmanns klang: «Gnäfrau bittesehr, wollen Könige sehen? Wachablöse im Schönbrunner Schlossgarten? Fesche Prinzessinnen winken und die Majestät in der offenen Kutsche vorbeifahren? Bah.» Er sank wieder zusammen. «Argumentiert wie ein Tourismusvertreter. Lauter Schlafhauben sind das, Schönwettermonarchisten», ein Wortspiel kam ihm, nur schlecht unterdrückte er ein Auflachen: «Gn! Kaiserwettermonarchisten!»

Die Beacher musste mitlachen, aber nur, weil er, noch gerötet vom Atemkampf, plötzlich so vergnügt aussah.

«Herr Wuwa – Ernst – ich fürchte, das zwischen dir und dem Doktor Felderer, das wird keine Freundschaft ...»

Er lachte nicht mehr. Sah sie mit schmalen Augen an, immer noch anflugsweise amüsiert, aber jetzt wachsam. «Aha. Na ja. Privat waren wir nie recht eng. Das fällt mir aber in letzter Zeit stärker auf. Vor allem, seit du dabei bist. Das Verbindende zwischen uns, es tritt langsam zurück ... Ich vermute, du hältst es eher mit ihm, hm? Dem stillen Träumer?»

Er verwirrte sie. Sie merkte, dass er testen wollte, ob sie wohl zum Keil werden könnte, den ganzen Legitimistischen Club auseinanderzuspalten. Um sich nicht darauf einzulassen, wurde sie plauderig. Auch ein Fehler, dachte sie, aber ein kleinerer.

«Mir liegt die Art, wie sich der Doktor Felderer aus allem heraushalten möchte. Das würde ich auch gerne können, dieses Nischendenken.»

«Aha. Aha ...»

«Ich weiß schon, ja ja, die heutige restaurative Aktion ist das Gegenteil davon, und sie geht auch noch auf meine Initiative zurück … aber ich möchte lieber gerne, ehm, also möglichst wenig Spuren hinterlassen in der Weltgeschichte. Ein weltgeschichtlich überflüssiges Dasein leben – auch, wenn man argumentieren könnte, dass die republikanischen Fußstapfen, die sich der monarchischen Ordnung eingestapft haben, viel tiefer sind als die meinen und deswegen wieder geglättet werden müssten, gerade von jemandem, der sich heraushalten will … außerdem, die heutige Aktion – ich bezweifle, dass ich in irgendeiner Richtung großen Schaden anrichten kann – Schaden in Anführungszeichen, bitte –, wenn ich auf einer konservativen Veranstaltung monarchistische Propaganda betreibe, also höchstens einen Trieb veredle, der sowieso schon da ist …» Sie holte Luft.

Jemand stieg hinter Wuwa die Stufen hinauf. Er zog die Schultern vor. Vielleicht bedingt durch seine momentane körperliche Schwäche, schien er ihr seltsam milde gestimmt. «Wie man's macht, macht man's richtig – nicht wahr?», sagte er mit ironisch federnder Stimme. Straffte plötzlich den Rücken und senkte Augenbrauen und Wimpern: «Am ekligsten immer noch: die großmütige Toleranz gegen sich selbst.» In aphoristisch-offiziellem Ton sprach er das, behielt die entsprechende Haltung ein paar Sekunden bei und ließ dann wieder die Schultern sinken. Öffnete die Augen, blinzelnd, als müsse er sich ans Licht gewöhnen, und rieb merkwürdig die Lippen aneinander.

«Doktor Felderer», setzte er an, «und im Übrigen

trifft das auch auf dich zu, liebe Vera – Doktor Felderer wäre auch in der alten Donaumonarchie ein Kauz gewesen. Ein liebenswürdiger Spinner, ein Kaffeehaustaugenichts. Überflüssig für die Weltgeschichte, wie du sagst, und darum einer, der in jede Zeit passt. Aber man muss schon wissen, wo man steht. Exzentriker ist nicht gleich Exzentriker. Mich, zum Beispiel, hat erst diese ganze moderne Zeit zu dem gemacht, was ich bin: Republik, Formlosigkeit, Relativismus, Sittenverfall», bei «Sittenverfall» hatte seine Stimme wieder ironisch gefedert, «nenn es, wie du willst. Ich bin jedenfalls ein Opfer der Umstände. Wenn sich der Mittelpunkt derart verschiebt, findet sich ein dezidierter Unkauz wie ich plötzlich am Rand wieder, als – Exzentriker. Nun habe ich selbst ja keinen monarchischen Staat mehr erlebt. Aber bleiben wir doch zur Illustration einmal – ja, bleiben wir beim Sittenverfall. Du lächelst, wenn ich das Wort ausspreche …», – sie hatte nicht gelächelt –, «Beispiel: Patchwork!»

Er spuckte bei dem Wort. «Ein gutes Beispiel. Früher, jahrtausendelang, sind Familien quasi-monarchisch organisiert gewesen. Eine Keimzelle des guten Regimes, die Eltern ein Zufall, wie der Monarch einer ist. Heute herrscht dort Gewaltenteilung. Warum? Weil es von der Republik gewollt ist. Was glaubst du, warum es in unserer Zeit so leicht ist, sich scheiden zu lassen? Weil dem Staat so viel an den Frauenrechten liegt? Nein, weil es Stoppelfamilien erzeugt und diese das Vertrauen in die Urmonarchie Familie erschüttern. Die Ausweitung der Kinderrechte – weil sich die Herrschenden aufgeklärte, glückliche junge Menschen wünschen? Nein, sondern damit die elterliche Autorität erschüttert wird. Der Kampf des republikanischen Staates gegen die Familie: Dieser Kampf ist der letzte gegen das natürliche monarchische Empfinden im Menschen!»

Während des Sprechens war er aufgestanden. Jetzt hielt er inne, den Zeigefinger hoch in die Luft erhoben. Ein älterer Herr war neben ihnen stehen geblieben. Er hatte erst ein Foto vom Burgtheater gemacht, dann, scheu einige Meter zurücktretend, ein Foto von Ernst Wilhelm Wuwa. Jetzt zeigte er es seiner Frau, die immer wieder hochsah und das Bild mit dem echten Wuwa verglich.

«Gehen wir eine Suppe essen», sagte Wuwa. «Eine Leberknödelsuppe. Bevor die noch um ein Autogramm fragen …»

Und sie gingen durch den Volksgarten.

Aber kaum waren sie am Theseustempel vorbei, da verkürzte Wuwa seine Schritte und gab der Beacher einen Fingerzeig. «Da!»

In weiter Ferne, zwischen festgeketteten Klappstühlen und Rosenbüschen, erblickten sie André, der den Passantinnen – und nur den jüngsten und feschesten – mit der rechten Hand einen Prospekt entgegenhielt und sich dabei fortwährend um die eigene Achse drehte … immer bemerkte er eine noch jüngere und noch feschere, die von rechts kam, sein Kopf im Doppelkinn drehte sich ihnen bereits voraus; die eine Passantin lehnte den Prospekt ab, die andere nahm ihn entgegen, und sternförmig liefen sie ihm zu, der im fein aufsteigenden Kiesstaub sich drehte und drehte …

Sie schritt, wie Wuwa, nun langsamer, sah auf André, drehte ihn mit ihrem Blick, und ihr Blick stieg empor über die Baumkronen, gewann Höhe und schwebte über dem Volksgarten, wie eine Amsel, über André, der sich drehte, drehte, andréhte, nicht gleichmäßig, aber immer nach rechts, und die Ouvertüre des «Rosenkavaliers» – padamm padamm, padammpa-dammpa-damm-damm … (nein! Nein! Falsch! Die andere! Nicht das verflucht eingängige Horst-Wessel-Lied! Die richtige!) …

Ferry Blawicz kam als Letzter in den Innenhof des Café Semmerl. Sie sah ihm zu, wie er sein Fahrrad zwischen zwei Kartenspielertischen quer durchs Café schob. Wie Linienrichter saßen die Kartenspieler in regloser Aufmerksamkeit, bereit, gegen jede Tischberührung seines Fahrrades sofort zu protestieren, aber dem jungen Herrn Blawicz gelang die Übung, und er schob sein Rad in den Hof und lehnte es an den großen Nussbaum, neben dem die Monarchisten ihren Tisch hatten.

Sie sahen erschöpft aus, alle. Doktor Felderer schaute in seinen Kaffee. Sportmann hatte sich zurückgelehnt und rauchte. Andrés Bier stand halbgetrunken verlassen da. Wuwa dachte nach. Doktor Veverka baute einen Berg aus Zuckerwürfeln. Die Beacher sah auf das Display ihres Handys, das gerade gepiepst hatte. Müde war sie, Anhängsel des Strohhalms ihrer Almdudlerflasche, und spürte ihre Kraft durch diesen Strohhalm aus sich herausrinnen, jedes Mal, wenn sie nicht daran sog. Jemand trommelte mit den Fingern auf den Tisch, aber es war dann doch nur das Klackern von Taubenkrallen auf den Fensterbrettern über ihren Köpfen.

Der junge Herr Blawicz trat näher und zeigte auf Andrés Bier. «Pardon allerseits, ich hab noch ein paar Windschutzscheiben mit Propaganda bestückt. André weg? Und wenn ja, trinkt das noch wer?»

«Das steht schon eine gute Viertelstunde da», sagte die Beacher mit Blick ihr Handy, es war sechzehn Uhr zwanzig.

Doktor Felderer hatte zwei Finger unter die Nasenlöcher gelegt und rieb im Schnurrbart. «Der liebe André ist von der Polizei mitgenommen worden. Wegen Gefährdung der staatlichen Ordnung.»

«Mein Witz …», sagte Wuwa heiser.

Der Wind riss an den Ästen des Nussbaums. Blawicz setzte sich. Sportmann lutschte am Zigarettenmundstück; man hörte es.

«Sagen wir, es war nix …» Wuwas Stimme ließ merken, dass er nur langsam aus seinen Gedankenwolken herunterstieg. «Wir hätten viel früher anfangen sollen damit …»

«Čas plyne rychle», sagte Doktor Veverka mit tröstender Stimme und befeuchtete ein Stück Zucker mit der Zungenspitze, bevor er es seinem Bauwerk hinzufügte.

«Ja, viel zu rychle vergeht sie, die čas», sagte Sportmann zurückgelehnt, «jetzt, wo S. K. H. so alt ist, nützt ihm unser Bemühen nichts mehr. Damals, in den Sechzigern, da hätten wir wirklich die staatliche Ordnung gefährden können. Als wir noch die Jeunesse dorée waren, im schönsten Flor, und Kaiserliche Hoheit hatte sein Einreiseverbot! Da hätten wir losschlagen müssen! Das Problem: Damals haben wir Angst gehabt um unsere Karriere und unseren Ruf. Heute, wo wir auf niemanden mehr Rücksicht nehmen müssten, fehlt uns die Kraft ...»

«Losschlagen! Wir Bürgersöhnchen?», rief Doktor Felderer.

«Gehgeh!» erwiderte Sportmann. «Denk an die verwöhnten Bürscherln der RAF, allesamt Bürgerkinder – immerhin, an denen hätten wir uns ein Beispiel nehmen können. In den Untergrund gehen, einen Repräsentanten kidnappen, um den Staat zu zwingen, Kaiserliche Hoheit nach Österreich zu lassen ... dann hätte er im Trionfi einziehen können, sich vom Volk als Kaiser bestätigen lassen! Damals wäre das noch gegangen. Aber heute ...»

Wuwa: «Phfffantasien, kindische ...»

Doktor Felderer, verspätet: «Kidnappen – den Kreisky!»

«Zum Beispiel den, ja. Und dann in der Terrorbasis Böhm-Ermolli-Straße festsetzen, ihm jeden Morgen

Croissants und Kipferln aus dem Stammcafé holen … und er muss ein Schild in die Kamera halten, ‹zwanzig Tage Gefangener des LC›, gell …»

«Tempi passati …», sagte Doktor Veverka und setzte seinem weißen Berg die Spitze auf, aber bamm! schlug Wuwa mit der flachen Hand auf den Tisch. Stille und jähe Aufmerksamkeit der Runde. Nur Doktor Veverka, in dessen Kaffee mehrere der Zuckerwürfel gefallen waren, rieb seine plötzlich braun befleckten Hemdsärmel aneinander.

Wuwa hatte die Hand auf dem Tisch liegen gelassen. Zum ersten Mal fiel Vera Beacher die starke rötliche Behaarung auf, die sein Handrücken trug, und die bis auf jeden einzelnen Finger vorgewachsen war.

«Paul», sagte er leise, «tätest du die Liebenswürdigkeit besitzen, dich irgendwann einmal in deutscher Sprache verständlich auszudrücken? Ist das mit deiner nationalen Würde vereinbar?»

«Ernst», sagte genauso leise Doktor Felderer.

«Ja, wir sind schon ein Kabarettverein: ein wamperter Spinner, der sich im Wienerwald verirrt und stundenlang vor seinem Bier auf dem Klo versteckt, ein Herr Doktor Felderer, der sich mit seinen auserwählten Genen zu fein ist für den politischen Kampf, ein Fräulein geistiges Fliegengewicht, ein Cartellbruder mit Kapuzenpullover, und nicht zu vergessen ich selber, ich überengagierter Idiot – aber du, Paul Veverka, du bist die Krönung …»

Jetzt platzte die Beacher, schlug ihrerseits so auf

den Tisch, dass Andrés Bier umfiel und in zwei breiten Schaumströmen den rechten Ellbogen des sich verzweifelt putzenden Doktor Veverka umspülte.

«Ja, hauen Sie nur auf den Tisch, Fräulein Beacher!» Wuwa verharrte in seiner Haltung, nur den Kopf hatte er zu Vera gedreht. «Ist ja auch sehr wichtig, dass wir uns alle gegenseitig schonen und kein böses Wort fällt, damit jeder seine eigene Suppe kochen kann! Der arme Herr Doktor Veverka mit seinen nationalen Befindlichkeiten! Er will nur Respekt, nicht wahr, Rücksicht, Minderheitenrechte! Und überall seine Sprache sprechen! Wissen Sie, wie der Herr Doktor Veverka geheißen hat, bevor er plötzlich zum Ahnenforscher geworden ist? Bevor er sein heißes Slawenblut entdeckt hat? Wissen Sie, dass er sich seinen Nationalstolz im Wartezimmer von einem Brünner HNO-Arzt eingefangen hat? Und dass der Herr Muttersprachler, geboren in Böheimkirchen an der Westbahn, sein Tschechisch seit drei Jahren aus dem Wörterbuch herauslernt?»

Er war aufgestanden, bei jedem dritten bis vierten Wort schlug er wieder auf den Tisch, am Ende jedes Satzes doppelt so fest. Die anderen hatten ihre Kaffeetassen und Biergläser nach und nach in die Hände genommen, Pfeffer- und Salzstreuer lagen hingestreckt da, und der unglückliche Doktor Veverka war immer noch mit dem Reiben seiner Hemdsärmel beschäftigt.

Hinter dem Nussbaum stand Ladi. Die Beacher spürte Schluckauf. Zugleich war die Müdigkeit von ihr abgefallen. Herausgefordert von Wuwas Frechheiten hatte sie Lust bekommen, ihn zu reizen.

«Wie – hat er denn geheißen?», fragte sie aufstoßend und lehnte sich vor.

«Ah?», machte Wuwa.

«Der – Doktor Veverka, wie er vorher – geheißen hat. Haben Sie vergessen zu – sagen.»

Wuwa sog Luft durch die Nase und trat auf die Beacher zu. Beugte sich ihr entgegen, so nahe, dass sie die Leberknödelsuppe in seinem Atem roch. Hinter seinem Haupt bebten die Zweige des Nussbaums.

«Paul Aichhörnl.»

Sie stieß wieder auf, Wuwa ins Gesicht. Er riss, ohne sich umzudrehen, mit einer einzigen Armbewegung sein creme-helles Sakko von der Sessellehne und verließ mit kiesknirschenden Siebenmeilenschritten den Gastgarten.

Kurz darauf folgte ihm Doktor Felderer, der noch Ladi hinterm Nussbaum bezahlte und dabei für Wuwa um Entschuldigung bat. Auch Doktor Veverka schob seinen Sessel zurück und ging hinein, um die befleckten Ärmel auf der Toilette unter den Wasserhahn zu halten.

Sportmann, Ferry und die Beacher blieben, und aus der eben noch so durchstürmten Baumkrone, die sich jetzt wieder sanft plusterte, sank auf die geschrumpfte Tischrunde der allgemeine Eindruck hernieder, jemand müsse jetzt etwas sagen; und zwar der Älteste, Sportmann. Als er das bemerkte, dämpfte er bedächtig seine Zigarette aus, wobei er die Kaffeetasse auf dem Schoß behielt. Schob eine neue ins Mundstück, entzündete sie, lehnte sich zurück und schaute in das ummauerte Quadrat Spätnachmittagshimmel. Er trug immer noch das T-Shirt mit V-Ausschnitt und den zu engen Kapuzenpullover, hatte aber außerdem eine Jacke über seine Schultern gelegt; es war kühl geworden.

«Nach verbreiteter Ansicht», begann er, «zerbrach die Monarchie an ihren inneren Widersprüchen. Vielleicht ja jetzt auch die Monarchisten. Nein», sagte er und setzte sich bequemer hin, «ich glaube, wir können niemandem die absolute Schuld zuweisen dafür, dass der heutige Tag nicht so ausgegangen ist, wie wir uns das erwartet hatten. Selbst Wuwa: höchstens fünfzig Prozent. Felderer – vielleicht zwanzig. Ich übernehme zehn, wegen Halbherzigkeit, beziehungsweise halb so großer Halbherzigkeit wie Felderer ...»

Er begann, auf der Quittung, die Ladi gebracht hatte, die Schuldanteile zusammenzurechnen, gab sich selbst, wie seinem Gebrummel anzuhören war, doch nur fünf Prozent, veranschlagte Doktor Veverka mit zweieinhalb, bis er bemerkte, dass er den jungen Herrn Blawicz und die junge Frau Beacher übersehen hatte.

«Halbherzig, nein, eigentlich kann ich mir das nicht vorwerfen», sagte er und legte den Kugelschreiber weg. «Wisst ihr, der Blödeste, der mir heute begegnet ist – ein verhärmter Proletarier – ich habe gar nicht mit ihm reden wollen, sondern mit seiner Frau, bis er plötzlich aufgekreuzt ist –, der hat mir erst geduldig zugehört und dann gemeint, König, Kaiser, das fände er wunderbar, nur sollte sich so ein Monarch erst einmal bewähren. König dürfe nur werden, wer den alten König besiegt, auf Leben und Tod. Das hält so eine Herrscherfamilie fit, hat er gemeint.» Er senkte die Stirn, als wollte er den Gedanken durch den Kopf rollen lassen. «In diesem Moment habe ich gewusst: Das wird nichts mehr. Wir scheitern letztlich an der Blödheit der Menschen. Weil: So lange die Erinnerung an die Habsburger noch gelebt hat, waren die Republikaner unerbittlich. Jetzt ist die Erinnerung getilgt, jetzt kann man auch wieder Habsburger einreisen lassen und den nach ihnen benannten Paragraphen streichen, nihil obstat. Aber nicht, weil man sich vor uns fürchtet. Sondern weil man uns jetzt harmlos findet. So weit hat Felderer recht.»

Ferdinand Blawicz seufzte und ließ den Kopf hängen. Die Beacher hatte so etwas noch nicht gesehen: dass jemand mit der Nase fast die Brust berührte. Sie streckte die Hand aus, um ihn tröstend zu berühren. Ihr Handy piepste wieder.

«Na, Ferry? Hättest dich auch gern gefährlicher gefühlt?», fragte Sportmann mitleidig. «Denk dir, die Französische Revolution hat freche Monarchisten noch ernst genommen! Die hätte uns ganz fix notre chère mère, la guillotine, überantwortet. Und eventuell später in einer boucherie nationale zu französischer Leberknödelsuppe verarbeitet.»

Er zog sich die nächste Zigarette aus der Packung, obwohl die vorherige in seinem Mundstück noch brannte. «Wisst ihr, wie eine republikanische Hochzeit geht?», fragte er und sah die Beacher und den Blawicz nacheinander an. «So: Eine nackte Royalistin, ein nackter Royalist, beide aneinanderfesseln, in die Loire werfen, fertig», erklärte er und sog die Feuerzeugflamme an die neue Zigarette. «So wäre es auch uns ergangen, 1789 eff-eff, wenn wir die Diktatur mit unseren Prospekten sekkiert hätten. Schön freizügig, die lieben Republikaner, hm? Immerhin: Das wäre ein bisschen staatlich vermittelte Intimität. Unser Wuwa würde vielleicht auch etwas lockerer, wenn ihn der Herr Bundespräsident mit einer schönen Aristokratin zusammenbindet und von der Donauinsel schubst … du entschuldigst, liebe Vera, ich referiere nur die historischen Fakten.»

Sie spürte den Blick des jungen Blawicz im Augenwinkel und widerstand dem Drang, ihn anzusehen. Stattdessen rieb sie die Hände aneinander, eine Verlegenheitsgeste. Ladi kam mit Schwamm und Küchenrolle und wischte das Bier und den Kaffee von der Tischfläche.

«Noch einen Wunsch?», fragte er.

Der junge Blawicz rückte mit dem Sessel. Der Bierfleck hatte ihn an André erinnert. «Ich schaue mal, wo er bleibt», sagte er und erhob sich. Da schickte ihm die Beacher doch einen Blick, den er dankbar entgegennahm, lautlos auf den Tisch klopfte und ging.

Sportmann bestellte einen weißen Spritzer.

«Du und der Ferry», sagte er dann sinnend.

«Was?»

«Wenn du ehrlich bist: Ein paar Prozent Schuld könntest du schon auch übernehmen.»

«Wofür?», fragte sie.

Sportmann hatte die nackten Ellbogen auf den Tisch gestützt, hielt die Zigarette nah am Mund. «Unsere Runde ist seit deinem Erscheinen ein wenig außer Balance geraten, weißt du. Vorher waren wir, na ja, eher der Urschleim, der geschlechtslose – gut, damit die Evolution in Schwung kommt, muss vielleicht erst eine Eva auftreten. Nicht, dass wir älteren Herrschaften uns von deiner Anwesenheit über die Maßen verwirren lassen würden, hormonell heruntergepegelt, wie wir sind. Aber unsere beiden jüngeren Semester, die haben schon eine kleine Berg-und-Talbahnfahrt der Gefühle hinter sich deinetwegen, gell ja. Warum du den Ferry im Café triffst und den André bei dir übernachten lässt …»

Sie fühlte steinern, dass diese Vorwürfe sie nichts angingen. Diese moralische Suppe, mit der Sportmann sie übergießen wollte, traf nur mit ein paar Tropfen.

«Der André, der ist mir mehr oder weniger zugelaufen», sagte sie kalt.

«… warum du es als fleißige Trauzeugin kein einziges Mal geschafft hast, dir von dem jungen Blawicz kirchliche Nachhilfe geben zu lassen, wie es dir der Doktor Felderer empfohlen hat – sei es drum. Warum du ihn, den Blawicz, wiederum bei jeder Gelegenheit – nein, das eben nicht, bei jeder zweiten Gelegenheit – mit glutvollen Blicken bedenkst? Du wirst zugeben, dass das unsere Geschlossenheit schon etwas ins Wackeln bringt. Na, Schwamm drauf.»

Sie saugte ein bisschen mit ihren Strohhalm in der fast leeren Flasche herum. Almdudler, al-hamdu li-llah, dachte sie, grimmig zufrieden mit dem Getränkerest, der ihr eine Antwort ersparte. Sportmann, taktloser Superidiot! Nicht nur, dass er ihre Anwesenheitsberechtigung in Frage stellte … Wenn der wüsste, wie viele Gedanken sie sich selber darüber machte! Ob sie die Weltgeschichte – sie übertrieb, um ihrem Ärger gerecht zu werden – nicht einfach an sich vorbeilaufen lassen sollte, ohne Absterbendes, ohne Zipfel? Ob sie sich zu stark in die Angelegenheiten der Monarchisten einmischte? Als würde sie Sportmann brauchen, um sich diese Fragen zu stellen! Nein, er musste sie auch noch an die Hochzeit erinnern, an die Trauzeugenpflicht (Felderer, du Tratschmaul!), an die beiden SMS in ihrem Handy – an das Bezirksratstöchterlein, das in der letzten Stunde zweimal gefragt hatte, ob der 16. Juli nun stehe für ihr nächstes «Meeting», wo sie sich doch «so gut ergänzt» hätten bei ihrem ersten Treffen, «ein eingespieltes Team» seien, und sie, die Beacher, gab keine Antwort auf die SMS, seit einer Stunde nicht, blubberte nur in ihrem Almdudler herum, spürte es auch in ihrer Blase jetzt blubbern und stand auf.

Ladi brachte den Spritzer. Sie stellte ihre Flasche laut auf den Tisch, ohne Sportmann anzusehen, und ging hinein, aufs Klo, und um sich zu beruhigen.

Als sie zurückkam, lag Kuki blondgolden unterm Nussbaum. Sie hockte sich zu ihm, er hob die Brauen, jetzt ganz unmenschlich, nur Hund. Als sie beim Streicheln aufschaute, saßen André und der junge Blawicz bei Sportmann am Tisch.

«Der Alte stirbt», hörte sie André sagen, als sie näher kam.

Sportmann rauchte, den Kopf weit im Nacken.

Der junge Blawicz hob, André entschuldigend, die Schultern.

«Wo kommt denn der Hund her? Hast du ihn gefunden, André?»

«Beim Zigarettenholen haben sie sich vor der Tür getroffen, und sie waren zusammen eine Runde spazieren», antwortete Sportmann für die beiden.

«Und wer stirbt?»

«Wir alle, wenn wir so weiterrauchen», sagte Sportmann. Der junge Herr Blawicz entflammte das Feuerzeug und hielt zugleich der Beacher die Zigarettenschachtel hin. Sie griff zu. Als Blawicz ihr Feuer gab, sah sie Andrés Blick, den er ihr trinkend über den Rand seines Bierglases zuwarf. Sie zog fragend die Stirn hoch.

André setzte kurz ab: «Außer euch und mir weiß es heute kein Mensch», sagte er, das Glas noch an den Schaumlippen, und trank gierig wieder.

«Und woher willst du es wissen?», fragte Sportmann gereizt.

«Intuition», sagte der junge Blawicz. «Oder der Hund hat's ihm gesagt.»

Die Beacher lehnte sich zurück. Wie gerufen kam Kuki an den Tisch und legte sich zu ihren Füßen nieder. Es war immer noch Tag, aber der Nussbaum und die hohen Hofmauern ließen jetzt keine Abendsonne mehr herein. Sie zog an der Zigarette, der ersten seit Neujahr. Das Rauchen ging ohne Husten. Es machte ihr Spaß, die Zigarette mit Daumen, Zeige- und Mittelfinger zu nehmen und jedes Mal, wenn sie sie in den Mund steckte, für einen Moment ganz loszulassen und nur mit den Lippen zu halten. Der Glockenklang des Stephansdoms fiel aus dem Himmelsquadrat in den Hof. (In Wahrheit war es jener der Michaelerkirche, aber von der wusste Vera nicht, wie sie aussah.)

«Verratet es niemandem», sagte André.

«Wir können uns beherrschen», sagte Sportmann.

«Ich glaub es ihm. Er hat's im Urin», sagte der junge Herr Blawicz, blickte Vera Beacher an und errötete wie früher. Sie merkte es nicht. Ihr war wieder eingefallen, dass sie auf Sportmann böse war, und sie wollte ihn mit einem langen Blick ihre Verachtung spüren lassen. Doch es funktionierte nicht gut. Erst, als sie sah, dass nicht viel davon bei ihm ankam, rückte sie ihren Sessel zurecht, schlug ihre Beine übereinander und dachte über Andrés Worte nach.

Neuntes Kapitel

Vranitzkymarsch

«Verraten Sie es niemandem!
Außer Ihnen und mir weiß es heute
kein Mensch. Der Alte stirbt!»
GRAF CHOJNICKI

Otto hatte neununddreißig-drei, soeben hatte man ihn gemessen.

«Soso», sagte er zur Sekretärin. «Das ist also der Tod.» Er richtete sich in den Kissen auf. Er hörte das unermüdliche Geräusch des Staubsaugers im Untergeschoss, und dazwischen hie und da das Schnurren der Katze auf dem Bett. Es schien ihm abwechselnd, dass die Geräusche sehr fern seien und sehr nahe. Manchmal erkannte er, dass der Staubsauger das sanfte Dröhnen verursachte. Bald darauf aber vergaß er, dass es der Staubsauger war. Und er fragte seinen Arzt: «Warum brummt es so?»

Denn er konnte nicht mehr das Wort «dröhnen» hervorbringen, obwohl es ihm auf der Zunge lag. Nachdem er aber nach dem Grund des Brummens gefragt hatte, glaubte er in der Tat, lediglich ein «Brummen» zu hören. Es brummte der Staubsauger. Es brummte auch die Katze auf dem Bett. Das Wort und auch die

Geräusche, die es für ihn bezeichnete, gefielen dem Kaiser immer besser; im Übrigen war es gleichgültig, was er fragte, denn man hörte ihn nicht mehr. Er bewegte nur die Lippen, aber ihm selbst schien es, dass er spreche, allen hörbar, wenn auch ein wenig leise, nicht anders jedoch als in den letzten Tagen. Zuweilen wunderte er sich darüber, dass man ihm nicht antwortete. Bald darauf vergaß er sowohl seine Fragen als auch seine Verwunderung über die Stummheit der Befragten.

Die Katze kam angeschlichen. «Papadam, papadam …» sang er der Katze vor, «papadam-dam-dam …» Sein Finger schlug die Bettdecke. Es pfötelte die Katze nach seiner schlackernden Halshaut. Wie hieß nur sein braver Bundeskanzler, nach dem sie diesen Marsch benannt hatten? Jedes Neujahr, im Musikverein, klatschten sie dazu. Er nicht, er war der Kaiser. Außerdem hatte er lieber amerikanische Musik. Big Band und Jazz … Und wieder ergab er sich dem sanften «Brummen» der Welt, die rings um ihn lebte, indes er starb – und er glich der Katze, die sich träge rollte und die jeden Widerstand gegen den Schlaf aufgab, bezwungen von seinem stummen Schlaflied und in diesem eingebettet. Er schloss die Augen.

Nach einer Weile aber öffnete er sie wieder und erblickte das einfache, silberne Kreuz und die blendenden Kerzen auf dem Tisch, die den Priester erwarteten. Und da wusste er, dass der Pater bald kommen würde. Und er bewegte seine Lippen und begann, wie man ihn gelehrt hatte, als Knaben: «Wir, Kaiserliche und Königliche Apostolische Majestät von Gottes Gnaden Kaiser von Österreich, König von Ungarn und Böhmen, von Dalmatien, Kroatien …» Und er richtete sich wieder auf. «Das freut mich, dass meine Kroaten bald in die EU dürfen. Wenigstens das noch! Ich hab mich lang drum bemüht!» Aber auch das hörte man nicht mehr. Also sprach er weiter, für sich: «Slawonien, Galizien und Lodomerien, Illyrien, Lombardo-Venetien; König von Jerusalem … Erzherzog … Großherzog und Großfürst … Gefürsteter Graf, Großwojwode …»

Übrigens sah er gleich darauf, dass der Kapuziner schon da war. «Ich hab lang warten müssen!», sagte er. Dann überlegte er seine Sünden. «Neid!», fiel ihm ein. «Neidisch war ich halt!», sagte er. «Auf den Bhumibol, die Elisabeth …» Eine Sünde nach der anderen ging er durch, wie sie im Katechismus standen. Ich bin zu lange Kaiser gewesen!, dachte er. Aber es kam ihm vor, dass er es laut gesagt hatte. «Alle Menschen müssen sterben. Auch der Kaiser stirbt.» Und es war ihm zugleich, als wäre, vor langen Jahren schon, jener Teil von ihm gestorben, der kaiserlich gewesen war. Zuweilen kam ihm vor, als sei er gar nie Kaiser gewesen. «Die kaiserlose Zeit ist auch eine Sünde!», sagte er laut. Aber der Priester hörte ihn nicht. Otto wunderte sich aufs Neue. Jeden Tag dachte er daran, ans Interregnum, seit 1918 dauerte die Republik. «Schluss machen!», sagte Otto. Man hörte ihn nicht. «Wär ich nur gegen Hitler gefallen!», sagte er. «Hätte ich nur dem Roth nicht befohlen, das Trinken aufzugeben!», fiel ihm ein. Man hörte ihn nicht. Vielleicht, dachte er, bin ich schon tot und rede als ein Toter. Deshalb verstehen sie mich nicht. Der Todestag, dachte er, ist der wichtigste Tag im Leben! Er hatte sich lange vorbereitet. Der Christ kommt zur Welt, um sich einer Prüfung zu unterziehen. Sein Tod ist seine eigentliche Geburt. Und er schlief ein.

Eine Woche später fuhr die Beacher Straßenbahn. (Übrigens Doktor Veverka gegenüber; sie hatten beide ihre Brillen zum Putzen abgenommen und bemerkten einander nicht.)

Es war ihr Arbeitsweg. Sie saß aufgerichtet da, das Buch auf den Knien, und blickte kurzsichtig auf die Fassaden der Hütteldorfer Straße hinaus, die oben grauen, unten bunten Häuser, dann auf ihr schwarz gekleidetes Gegenüber, und versuchte, unter der Taubheit morgendlicher Müdigkeit zwei Gedanken zu fassen, die sich da räkelten. Tatsächlich waren es eher zwei faule Desinteressen als zwei Gedanken.

Das erste Desinteresse betraf Ottos Tod. Sie war, als sie davon erfahren hatte, berührt gewesen, fand aber die plötzliche allgemeine Habsburgneugier aufdringlich – ähnlich einer Ägyptologin, die die Warteschlange vor einer Ausstellung über Nofretete bemerkt oder vor einem Kinofilm über Königin Kleopatra. Sie wollte nichts hören von Ottos trauriger Abschiedstournee, die seinen Sarg durch Bayern führte, nach Tirol, Mariazell und Wien und seine Herzurne nach Ungarn.

Ottos Tod machte sie unzufrieden, bestand doch sein Dasein darin, da zu sein – ein Hintergrund ihrer Zeit, einer, dessen fester Existenz man nichts hinzufügen konnte außer immer noch einem weiteren Lebensjahr. Es schien ihr, als hätte sie in den letzten Monaten an seinem Schicksal mitgebaut, ihn aufrechterhalten als eine der wenigen, die von fern an ihn glaubten: an Kaiser Otto den Ersten. Und da sie ihn zum Kaiser erhob, starb er einfach. Knapp vor seinem hundertsten Geburtstag starb er, was eine zusätzliche Schlamperei war. Als hätte er sich gehenlassen, ohne Sinn für die Bedeutung dieses Jubiläums.

Und es ärgerte sie, in einer plötzlichen Gedankenkurve, den banalen Vorteil aller Überlebenden zu haben: den billigen Triumph, ein vollendetes, riesiges Leben von vorne bis hinten überblicken zu können. Dabei dachte sie an die Besteigung der Gloriette, von der aus man nach endlosen Serpentinen auf ganz Schönbrunn heruntersah wie auch auf eine hübsch geordnete Ansicht Wiens, in der die unscheinbare Rudolfsheimer Kirche einen merkwürdig prominenten Platz hatte. Es ärgerte sie, dass sich Ottos Epoche nun abheften ließ wie eine längst historisch gewordene, wie die Epoche des Franzjosephkaisers. Vor dem standen die Leute ratlos in der Kapuzinergruft, stellten sich den toten, mumienhaften alten Monarchen unter dem Sargdeckel vor und fragten sich: Und wozu die ganze Mühe? Wozu hat der gelebt, regiert und gestrebt, gemurkst und gewurschtelt – nur, damit wir ihn heute als Leiche besuchen können? War das nötig, dieser Umweg, diese Riesenlawine Vergangenheit, wo wir es doch heute so glücklich in unser Jahr 2011 geschafft haben; sie dachte «2011» mit Nachdruck, biss sich selbst dabei auf die Lippen und setzte noch hinzu: «in unser 21. Jahrhundert!»

Das zweite Desinteresse war angenehmer, denn ihr war klargeworden, dass sie von irgendeinem möglichen Nachfolger Ottos nichts wissen wollte. «Ich bin nicht monarchisch, habsburgisch oder sonst etwas – ich bin ottonisch. Ottistisch. Mit seinem Tod endet mein Interesse für diese Dynastie», resümierte sie. Diesen letzten Kronprinzen noch auf den Thron zu bringen, das wäre geschichtlich sinnvoll gewesen, die Verknüpfung eines uralten abgerissenen Fadens.

Sein Sohn, irgendein fünfzigjähriger ehemaliger Quizshow-Moderator, geboren mitten in der Zweiten Republik, als Kaiser – so viel Phantasie hatte sie nicht, das war etwas für Hardcore-Monarchisten. Zart spürte sie den verspäteten Wunsch, Otto noch einmal getroffen zu haben, und was sie zugleich spürte, von innen nach außen sich stülpend, weil ihre Station näher kam, war die Brille in ihren Händen. Also setzte sie diese auf und sah gegenüber scharf Doktor Aichhörnl-Veverka, der eben prüfend seine eigene Brille in die Höhe hielt. Sie begrüßte ihn.

Er antwortete auf Deutsch.

«Ach, Frau Beacher!»

Seine Stimme kam ihr heller vor in dieser Sprache.

«Ahoj, grüße Sie. Nun? War nicht so erfreulich, unser letztes Beisammensein. Doktor Felderer spricht nicht mehr mit dem Ernst Wilhelm. Gerade jetzt, wo wir unseren Auftritt für den Samstag planen müssen, bei der Beisetzung vom Arcivévoda … Bei Ihnen hat sich auch niemand gemeldet? Ja, Probleme, Probleme, aber der Ernst Wilhelm hat schon eingesehen, dass es so nicht weitergehen kann mit seinem feindseligen Benehmen. Er tut auch was dagegen. Ich bin gerade auf dem Weg zu ihm, ins Spital … ne, keine Sorge, nichts Schlimmes. Er lässt sich den Antisemitismus entfernen.»

Der Doktor klopfte gegen das Holz seiner Sitzlehne. «Hab ihn dazu überredet, endlich etwas machen zu lassen. Wollen Sie mitkommen? Morgen ist OP-Termin, wer weiß, was er nachher für ein Mensch ist, und Sie sollten ihm doch noch die Möglichkeit geben, sich bei Ihnen zu entschuldigen …»

Sie sagte zu. Veverkas Bemühen um die Einigkeit der Gruppe und die Aussicht auf einen zerknirschten Wuwa rührten sie. Unwillkürlich war sie, so kurz vor ihrer Bürostation, bereits aufgestanden, jetzt setzte sie sich wieder. Wer neben ihr stehen blieb, war der Trottel.

«Guten Morgen», sagten sie gleichzeitig.

Das alte Gefühl, ihn unter Kontrolle zu haben, durchfloss sie, aber es war ein Gefühl, dem sie misstraute. Er war sehr taktvoll gewesen in der letzten Woche, wie früher; wohl, weil sie ihm etwas von ihrer Bekanntschaft mit Otto Habsburg vorgelogen hatte. Sie fragte sich, ob er ihre Unterhaltung gehört hatte.

Wieder erhob sie sich, um ihn gebührend respektvoll Doktor Veverka vorzustellen, und auch, um offenzulassen, wann sie aussteigen wollte. Die Bim bremste klingelnd. Der Trottel reichte dem Doktor die Hand und stellte sich vor. Als würde sie nicht merken, dass sie ihre Station verpasste, lächelte sie zwischen dem Doktor und dem Trottel hindurch. Bim, Bim, deine Wagen machen Ring-Ding, alles ist vergessen … Der Doktor stellte eine Frage, die Straßenbahn fuhr an, der Trottel richtete sich auf, fasste nach einer Halteschlaufe und antwortete ihm.

Als die Durchsage «Beingasse» kam, lächelte er der Beacher zu. «Wird heute einsam im Büro, wo der Herr Fronleitner auf Urlaub ist.»

Sie nickte und wartete ab, bis die Straßenbahn wieder stand. Vor der Station Beingasse trat ein Mann mit dickem Wintermantel und Schnauzbart aus einer Telefonzelle. Menschen in Telefonzellen, dachte sie, auch etwas Absterbendes ihrer Zeit.

«Ach, ist er weg? Steht das im Urlaubsplan?», fragte sie aus dem Fenster.

«Er hat mich gestern Abend angerufen. Seine Mutter ist im Krankenhaus.»

Sie betrachtete mit unruhigen Augen den «Haltewunsch»-Knopf. Noch konnte sie drücken – zwosch!

«Irgendwo in Oberösterreich», präzisierte er leicht lächelnd. «In keinem in Wien.»

Die Straßenbahn näherte sich dem Gürtel. Er hatte also ihr Gespräch mitgehört, der Trottel. Ebenso leicht zurücklächelnd, erwog sie, zu behaupten, ihr spontaner Wiener Krankenbesuch gelte einem nahen Verwandten. Aber erstens wusste sie nicht, ob er nicht auch den Anfang der Unterhaltung mitbekommen hatte, und zweitens saß auch noch Doktor Veverka dabei, der Deutsch verstand. Noch zögerte sie es hinaus, aber kurz nach dem Urban-Loritz-Platz hatte sie sich damit abgefunden, dass der Trottel nicht aussteigen würde, bevor er nicht wusste, wohin sie fuhr. Sie wurde ihn nicht los; sie musste ihn wohl bis zum Spital mitnehmen. And now? Sie räusperte sich. Bis zur nächsten Durchsage wollte sie warten, bevor sie ihm einen gemeinsamen Kaffee nach dem Krankenbesuch anbot.

Zehntes Kapitel

Der Aufprall. Ein Telefonat

Ihr Gehirn war um diese Zeit ein Schwarzes Loch; die Augen zu, saugte sie die Eindrücke durch die Ohren herein. Hörbar kam Wind durch den Fensterspalt, berührte sie an Schulter und Wange, wehte weiter in den Kopf und verzog sich in einem Erinnerungsfach, das kraklig beschriftet war mit: «Frühlingsluft, morgendlich, jedes Jahr wiederkehrend, Wiesendampf, Ostereier». Ein Vogel amselte die Tonleiter hinauf. Aus ihrer Stirn entrollte sich, quer durch das Schlafzimmer, eine Strecke von Notenlinien, die ihre persönliche Amsel aus dem Volksgarten entlanghüpfte, mit brutalen Schnabelstößen die einzelnen Notenkugeln aus der Partitur pflückend. Das Geräusch einer ausbrodelnden Kaffeemaschine kam von der Straße weit unten; kognitive Dissonanz ließ den Eindruck fast augenblicklich auseinanderfallen, kaffeedurstiger Wunschwillen hielt ihn noch eine Achtelsekunde zusammengeschnürt, bevor er sich vernünftigerweise in Automotorenstottern verwandelte.

Sie wälzte sich blind, in der Nase den falschen Kaffee und im Magen Appetit auf Spiegeleier. Sie dachte an ihr Muschelessen mit Robert, das sein Geburtstagsgeschenk gewesen war, und an ihren damaligen Eierappetit – die Speisekarte, die sie lange, mit die Zeilen entlangfahrendem Finger, auf das Wort Œuf durchforscht hatte – und versuchte, sich ihr letztes gegessenes Ei ins Gedächtnis zu rufen. In einer Art von gesundheitlichem Aberglauben hatte sie die Vorstellung einer Höchstzahl von zehntausend Eiern, die man im Leben verzehren konnte, bevor einen der Genuss des zehntausendersten Eis erledigte. Der Appetit krachte stärker. Sie musste einkaufen gehen, noch vor dem Frühstück, und einen Sechserkarton Eier besorgen ... Nein, es waren noch welche im Kühlschrank, sie konnte daheimbleiben. Im Gefrierfach lag auch noch eine Packung Mischgemüse für das Mittagessen. In heißes Wasser kippen, mit Salz und Butter essen, neue Einkaufsliste schreiben. Später am Tag, im Supermarkt, würde sie die Tiefkühltruhe öffnen, zwei neue Packungen herausnehmen. Der schlaffe Gedanke, immer wieder Tiefkühlgemüse nachkaufen zu müssen, straffte sich plötzlich zu beunruhigender Deutlichkeit: Sie versuchte, sich zehn verschiedene Situationen vorzustellen, in denen sie eine Packung aus einer Supermarkttiefkühltruhe nahm, aber schon die zweite Vorstellung glich genau der ersten. Mögliche Lösung: Gleich vier Packungen auf einmal kaufen. Oder acht, oder sechzehn; diese unangenehme Pflicht ein für alle Mal erledigen ... Die Vorstellung der vielen tausend

Packungen Tiefkühlgemüse, die sie in ihrem Leben noch aus dem Supermarkt holen würde, machte sie noch im Liegen schwindlig – wo doch schon das Gemüse von nächster Woche in der übernächsten keine Bedeutung mehr haben würde ... Das Einkaufen, Kochen, Essen, Verdauen, Ausscheiden, das ihr etwa am 30. Juli oder am 18. August bevorstand, die vielen einzelnen Handgriffe, all das würde schon im September vergessen sein, verschüttet unter einem Haufen Zeit, unter einem stetig nachrutschenden Gletscher von gefrorenen, aneinanderpappenden Erbsen, Maiskörnern, Broccoliknospen und gezackten Karottenscheiben. Das Gemüsepensum ihres Lebens, in einem immer gleichen Vorgang nach und nach abzutragen: Der kalte Gedanke daran ließ sie den Atem anhalten, und reglos drückte sie sich gegen die Matratze ihres Bettes.

Ihres Bettes? Mit der rechten Hand war sie gegen einen kühlen, glatten Kasten gestoßen. Und dann fiel ihr ein, wo sie war, und der Gemüseberg auf der Brust wurde ihr leicht und rutschte links und rechts in weißgrünen Strömen vom Bett.

Vom Spitalsbett.

Habe ich es also hierher geschafft, finally, bestätigte sie sich und dachte an ihr eingegipstes Bein, dessen Schmerz sie jetzt wahrnahm, aber nur als ausgelagerten, vom Gips behüteten. Wie zur Anerkennung nickte sie ihm zu, mit weiterhin geschlossenen Augen, und stellte sich den Gesichtsausdruck vor, den sie dabei machte. Guter, tröstender Gips. Er bestimmte nun, wie lange sie sich schonen musste, er und der Knochen. Von zwei Seiten mussten Knochen und Gips ihre Wirkung tun, der eine heilte, der andere hielt – wie die Engländer und die Franzosen, die den Ärmelkanal von beiden Seiten untertunnelten, wobei die einen den Schacht wachsen ließen, während die anderen dessen Konstruktion stabilisierten. (Ah, was für ein Unfug, in den sie da schlingerte. Aber sie konnte nichts dafür, vielleicht war's die Narkose. Und sie verzieh sich den Unfug. Am süßesten immer noch: sich selbst zu verzeihen. Es lässt einen die Großmut des Nachsichtigen fühlen und zugleich die Erleichterung des Begnadigten, und durch diese Aufspaltung der Person erlangt man sogar noch das schwebende Glück eines unparteiischen Beobachters.)

Sacht glitt der Schlaf, der so angenehm verantwortungslos macht, von ihr ab, zusammen mit dem Tiefkühlgemüse, und zielstrebig strömte diese vorübergehend abgelegte Verantwortung in den harten, unbeugsamen Gips; finally, dachte sie, das Ende eines langen Sturzes in die Badewanne. Und weil es in diesem amselverzwitscherten, windverwehten Munterwerden immer noch finster blieb, begann sie nachzudenken.

Es war ja das Dümmste, zu glauben, jedem sei sein Todestag vorherbestimmt. Aber merkwürdig war es schon, dass man, sobald man auch nur mit leichtem Fieber im Bett lag, für einige Tage dem Tod näher war als der alleralteste, jedoch gesunde Zeitgenosse. Einer wie Doktor Felderer, dachte sie, den man sonst nur mit der vorweggenommenen Nostalgie anblickt, ihn in nicht allzu ferner Zeit überlebt zu haben; den man immer als sehr vergänglich empfindet, wie ein altes Möbelstück, mit dem man sich eingerichtet hat, und von dem man nicht annimmt, dass man irgendwann darauf sitzend sterben wird. Denn dafür scheint einem die Anschaffung ganz neuer Möbel nötig, wenn nicht sogar eines ganz neuen Lebens, das dann zu Ende geht, das aber von dem jetzigen deutlich geschieden ist. Ein zweites, weniger wertvolles, ein Spielzeugleben, auf das man weniger achtgeben muss.

«Na ja», sagte sie laut, «das ist also der Tod», und ihre Lippen pappten. Die halbgeschlossenen Lider verschatteten das Zimmer, und sie stellte sich vor, in der Kapuzinergruft zu liegen, als Einzige im offenen Sarg. Alle anderen Särge waren fugendicht verschlossen, darinnen die Habsburger, die ihre Sargdeckel mit beiden Händen an den Innengriffen festhielten und zupressten wie die Austern ihre Schalen.

Sie schob die Hand über das Nachtkästchen. Statt ihrer Brille spürte sie ein Stück Papier. Es blieb an ihren Fingerspitzen kleben.

Ein Post-it.

Sie las es nicht gleich. Es war zu finster, ihre Augen erkannten noch nichts – und außerdem war ein Grummeln in ihr entstanden, ein tief verborgenes Lachen, das langsam Anlauf nahm: Robert war ihr nämlich eingefallen, der Edith nach seinem ersten Besuch vor einem Jahr auch ein Post-it an den Nachtkasten geklebt hatte. Dass Edith mit ihrer kleinen Schwester zusammenwohnte, hatte er damals nicht gewusst … Aber diese kleine Schwester hatte das Post-it vor der großen gelesen. Es war ein kurzer, erotisch gemeinter Liebesbrief gewesen, in dem Robert von seinem Ausdruck «klaffende Vulva» sicher stärker erregt worden war als später Edith … aber nicht nur, weil es so blöd medizinisch-vulgär klang! Auch, weil Vera nachgeholfen hatte, Ediths Erregung zu dämpfen – und zwar mit zwei Kugelschreiberpunkten – mit denen sie daraus – eine – «kläffende Vulva» – … Stoßweise lachend zuckte sie mit den Schultern und zwirbelte das Stück Papier zwischen den Fingern, als die Tür aufging und jemand hereinkam.

«Na, schauen Sie, schon munter und so fröhlich! Guten Morgen, Frau Beacher, Frühstück! Sie haben das Mitleid des ganzen Schwesternzimmers, Frau Beacher, wirklich wahr. Bei einem Spitalsbesuch den Fuß brechen, au au au …»

Ein Tablett klirrte auf den Nachttisch.

«Edith?», lachte die Beacher. Aber man hörte sie nicht.

«So früh schon Musik hören! Aber jetzt essen Sie erst einmal, gell?» Eine Schublade ging auf, dann rasselte was. Licht drang der Beacher ins Gesicht, sie verzog den Mund, drehte sich zum Polster, spürte aber ihr wehes Bein und hielt die Luft an. Zugleich fühlte sie, wie ihr Rücken angehoben wurde; in zunehmender körperlicher Verdrehung hörte sie ein leises Brummen und merkte, dass es das Kopfteil des Bettes war, das man hochstellte. Da hielt sie still. Das Kopfteil kam zur Ruhe. Und die Tür schloss sich wieder. Jetzt wagte sie es, die Augen zu öffnen. Sie breitete vorsichtig ihre Glieder auf dem Bett aus und kontrollierte den Nachttisch.

Ein Teller mit zwei Scheiben Bröckelbrot, zwei Ecken Rahmkäse, vier Scheiben Wurst. Ein Becher Kaffee, ein Joghurt und Besteck. Neben dem Teller lagen eine offene CD-Hülle und ein CD-Spieler; umrahmt von Kopfhörern, jede Muschel so groß wie der Kaffeebecher. Das Post-it, das sie in den Fingern hielt, musste irgendwo drangeklebt sein. Sie hielt es sich dicht vor die Augen.

AB für VB
4. Symphonie
(statt «Rosenkavalier»)

Sorgfältig, mit offenen Lippen, las sie es. VB war einfach: Das war sie selber. Die Anspielung auf den «Rosenkavalier» wies auf den Trottel hin, der (als hätte sie's geträumt, kam es ihr vor) bei ihrem Sturz dabei gewesen war: Auf dem Weg zu Wuwas Krankenzimmer war er einige Schritte vorausgegangen, sie mit Doktor Aichhörnl-Veverka hinterher; der Trottel war falsch rechts abgebogen im Gewirr der Spitalsgänge, sie hatte ihn rufen wollen, der Name war ihr nicht eingefallen, sie hatte zwei schnelle Schritte gemacht, um ihm nachzukommen, ein gelbes Klappschild aus Plastik übersehen – «Achtung, feuchter Boden» –, dann das Rutschen, der Sturz, der Griff nach dem zusammengeklappten Rollstuhl an der Stiege, die einzelnen Stufen, au au au.

VB war Vera Beacher. AB = der Trottel? Sie zeichnete die Formel mit dem Finger auf der Bettdecke nach, die Augen wieder geschlossen. B, Bauer, Bendel, Brückner, lieber erst A: Albert, Albrecht, Anton, André. Armin. Amsel. Arschloch.

Vielleicht half die Musik bei der Lösung. Sie schob die Kopfhörer mit einer Hand über die Ohren, eine Wurstscheibe fiel auf das Linoleum. («Kennen Sie Waldrada vom Lünoläum?», sagte der Bezirksrat Gruber in ihrem Kopf.) Mit blinden Fingern drückte sie auf die Tasten des CD-Spielers, erstaunlicherweise ging die Musik sofort los.

Ein leises Orchestergrummeln. Eines der Blasinstrumente, Horn?, gab ein nebelhaftes Signal, hoch, tief, tief-hoch, höher, tief, tief-hoch. Das kannte sie. Ein Lid hebend, flach atmend, sah sie auf das Post-it, das noch zwischen ihren Fingern war, und drehte es herum. «Halb ein Trottel, halb ein Gott», stand da, und darunter in Klammern: «(Gustav Mahler)».

Richtig, genau, Mahler; ja, den hatte sie erkannt. Sie rieb ihren Hinterkopf in der Polsterkuhle, es sollte ein Nicken sein; nickte dem Zettel zu und dem Trottel und der Musik, und Mahler antwortete mit etwas Tänzerischem, das wie aus einer Waldlichtung sprang und gleich wieder zum Stillstand kam. Und sie schlief ein.

Der Fernseher lief, wer hatte ihn eingeschaltet? Sie hatte bis zum Ende des Stücks geschlafen, vielleicht länger, die Kopfhörer waren stumm und verrutscht. Dafür hörte sie Orgelmusik von weiter außen. Sie lag auch wieder, das Kopfteil des Bettes war unten, und begann, nach ihrer Brille zu suchen: Griff erst auf der linken Bettseite in die Luft und fand dann ihren Nachtkasten rechts, mit den Fingern tauchte sie in kaltes Wasser, nein, in den Kaffee.

«Schatzi?», flüsterte Edith.

«Rrm», sagte die Beacher.

«Du bist munter!», sagte Edith noch leiser. «Schatzi, es tut mir so leid für dich!»

Mit einem Hochziehen der Stirn bedeutete Vera ihrer Schwester, lauter zu sprechen, aber Edith verstand nicht und wurde durch diesen bittenden Gesichtsausdruck noch besorgter.

«He! Was denn los, alles okay? Du Arme, Arme du, das ist wirklich eine riesengroße Kacke, 'tschuldigung, wenn ich das so sage, aber wenigstens ist es hier passiert, gleich mit der richtigen Versorgung …»

Die Beacher bekam ihre Augen auf. Die Orgelmusik aus dem Fernseher ließ nach, eine Hand zog ihr die Kopfhörer herunter und drückte ihr die Brille ins Gesicht.

«Robert, nicht so grob!», hörte sie und wiederholte: «Grobert ...»

«Schau, wir haben Uno-Karten mitgebracht», sagte Edith, die gewartet hatte, bis sie vollständig sichtbar geworden war. Aufgefächert in ihrer Hand hielt sie der Schwester das Kartenspiel vors Gesicht.

«Mrrgehtsgut», sagte diese irgendwie löwenhaft, griff nach den Karten und behielt fast alle in der Hand. Drei oder fünf fielen auf die Bettdecke und eine zu Boden, wo Robert sie wieder aufschabte.

Sie spielten. Und langsam ermunterte Vera. Das im Fernseher, das war der Trauergottesdienst für Otto im Stephansdom, sie verfolgte es nebenbei.

Als sie in einer Runde vergaß, in welche Richtung sie spielten, und dann nach Ediths Hinweis links und rechts verwechselte, sagte die Schwester: «Komisch, dass du links und rechts immer verwechselst. Immer! Wenn du die beiden Richtungen nicht unterscheiden könntest, müsstest du doch eigentlich in fünfzig Prozent der Fälle richtig liegen. Aber du vertauschst es jedes Mal, hundert Prozent! Da muss irgendwas falsch gepolt sein.» Vera wollte diesem interessanten Gedanken nachlauschen, ihn einfangen in ihrem Hirnkasten, hatte dabei aber das Gefühl, als würden ihre beiden Hirnhälften, links und rechts, versuchen, sich gegenseitig aufzufressen.

Robert sagte die ganze Zeit nichts, er aß die Wurst und den Käse vom Krankenhausbrot.

Nach einer halben Stunde musste Edith gehen. Robert hatte Zeit und spielte weiter. Er gewann, und sie sah, wie er sich freute.

«Unfassbar, oder», sagte er zwischendurch mit Blick auf den Fernseher, «der Bundespräsident, der Bundeskanzler, die höchsten Vertreter der Republik, alle rennen sie zum Begräbnis für den Mann, gegen dessen Dynastie die Republik überhaupt erst gegründet worden ist.»

Das gefiel ihr, es war ein neuer und zugleich heimlich vertrauter Gedanke. Sie verlor noch einmal, lächelte Robert an, dann sah sie eine Weile nachdenklich auf die Türschnalle.

«Du gibst», sagte Robert endlich.

«Du … ich bin ein bisschen rollig», sagte sie extra undeutlich, so dass er sich zu ihr hinunterbeugen musste und dann aber mit leichter Verzögerung verstand, was sie gesagt hatte. Folgsam legte er die Karten auf den Nachtkasten und schob sein Knie auf die Bettkante. Sanft drückte die Beacher es wieder hinunter und zog stattdessen an seiner Hand. Er verstand wieder und schob die Hand unter die Decke, etwas zu zielgerichtet allerdings.

«Langsamer», mahnte sie, nahm seine Hand zurück und führte sie auf ihren Bauch.

Ihr linker Arm lag jetzt mit den Spielkarten auf ihrer Brust, ihr rechter Arm hing über der Bettkante. Sie atmete gleichmäßig. Der Fernseher lief weiter. Entschlossen, diesen Orgasmus nicht allzu schnell zu bekommen, versuchte die Beacher, sich von Roberts Hand abzulenken, und sah unter halbgeschlossenen Lidern fern. Auf dem Bildschirm erschien der Wiener Erzbischof. Sie dachte an den jungen Herrn Blawicz.

Den!

Mit nun offenen Augen schaute sie in den Fernseher, die Oberlippe hochgezogen. Robert schaute mit. Er hatte einen Finger in ihren Gips geschoben, sie holte ihn heraus und legte ihn zurück auf die kläffende Vulva. Die Fernsehkamera fuhr über die Trauergäste, Ottos Sohn Karl war im Bild – ob er traurig war, dass er nie gekrönt werden würde? Ob er auch der Meinung war, dachte sie angestrengt, dass die alte Reichskrone gar nicht zu den neuen Landesgrenzen passte und man vielleicht einen Künstler beauftragen sollte, eine zeitgemäße Krone zu schaffen? Jeff Koons vielleicht, der einen disneyhaften Prinzessinnenkronreif entwerfen würde, mit blinkenden Lichtern, «an sich» wertlos, als Symbol unschätzbar, wie der Monarch selbst …? Dann war wieder der Erzbischof im Bild. Dann die Menschen vor dem Stephansdom. Sie wünschte sich, ihre Monarchisten zu sehen, und fast sofort erkannte sie in der ersten Reihe, hinter der Absperrung, Doktor Felderer und Sportmann: Felderer in einem schwarzen Anzug, Sportmann mit Studentenmütze und Schärpe, in vollem Wichs …

Aber Blawicz?

Robert schrubbte an ihr herum, und sie schloss die Augen, weil der Bildschirm wieder den Erzbischof gezeigt hatte und davor sehr kurz – das Bild sickerte ihr in die Netzhaut – Doktor Veverka … Veverka im Gespräch mit dem – dem … einem, den sie kennt … sie kennt den! Den kennt sie … in vier schluckaufartigen Stößen, die zusammen nur eine Sekunde dauerten, fühlte sie sich viermal kurz vor der Enträtselung dieser Gesichtszüge, sprang jeweils auf eine neue, höhere Stufe der Vertrautheit, auf der diese Züge näher kamen, klarer wurden, jedenfalls: Blawicz war das nicht, das war …

Der Orgasmus kam verwirrend, weil zugleich mit der Lösung:

Der Trottel.

Robert hielt sie umarmt, auch sein Atem war am Ende schneller geworden. Als er merkte, dass sie fertig war, streichelte er ihr einmal über den Kopf und verließ gebückt und mit einer knappen Erklärung das Zimmer Richtung Besuchertoilette. Sie ließ ihn ziehen: Das Sexuelle ist von jedem selbst zu erledigen, ausgenommen Bettlägrige, variierte sie wirbelköpfig einen Satz von Wuwa. Noch nicht ganz da, spürte sie die Decke zwischen ihren Fingern, löste ihre rechte Faust und tastete in der Nachtkastenlade nach ihrem Handy. Fand es, schaltete es ein. Blies gegen eine Strähne an, die ihr ins Gesicht gefallen war. Starrte, noch immer kurzatmig und postkoital betäubt, auf das Display, tippte dann mit schweren Fingern: «wie läuft es? grüße aus dem krankenhaus», und schickte die Nachricht an: Ferry Blawicz.

Gramm für Gramm rieselte das Bewusstsein in sie

zurück, und späte, verdünnte Befriedigung breitete sich in ihr aus: Wenn der Fernseher schon den falschen Blawicz gezeigt hatte, konnte sie sich den echten immerhin selbst herholen, wenn auch nur als SMS-Text. Sie zog strömend Luft ein. Sank noch ein paar Millimeter tiefer gegen Polster und Matratze und hielt das Handy bewegungslos vor die Augen, bis das grün strahlende Display ermattete und finster wurde. Vom Fenster her kühlte der Frühling die Stirn. Satt zwinkerten ihre Augen gegen das Handy. Drei Sekunden lang, vier Sekunden … und es erwachte: Leuchtend fiepste eine SMS.

Der Daumen drückte die Öffnungstaste.

«Liebe Vera! Wir sitzen hier schon eifrig bei unserem Brainstorming wg. Polterabend. Bist du bald bei uns? Alles Liebe, W.»

Na schön. Warum auch nicht. Wenn ihr schon der Trottel den Orgasmus verderben durfte, warum nicht auch die Bezirksratstochter Gruber? Wollte nicht vielleicht noch der Herr Fronleitner vorbeikommen? Hatten sich nicht auch ihre Eltern für einen Besuch angekündigt? Sie stieß das Handy in die offene Schublade, suchte ihre Uno-Karten zusammen und wartete auf Robert, grantig entschlossen, ihn jetzt zu besiegen.

Das Mittagessen stand vor ihr, Fleisch in einer Soßenlache mit Püree. Robert, zweimaliger Uno-Verlierer, hatte sich verabschiedet, als das Essen gekommen war, und gemeinsam mit der tapsigen jungen Krankenschwester das Zimmer verlassen. Die Messe im Stephansdom war zu Ende, der Sarg wurde hinausgetragen.

Der Vogel draußen sang fragend, erwartungsvoll schwieg der Autolärm.

Da dachte sie: Gut – Zeit, alles durchzudenken.

Erstens, der Trottel. Der Trottel, der Trottel ... Rhythmisch schmierte sie das Püree auf ihrem Fleischstück von links nach rechts und wieder zurück; sie hatte es nicht eilig. Also, dachte sie und erhob das Messer: Der junge Kollege hat offenbar seinen Weg zu den Monarchisten gefunden. Sie war gestürzt und hatte ihren versprochenen Trottelkaffee nicht mehr mit ihm trinken können, da hatte den wohl der Doktor Aichhörnl-Veverka mit ihm getrunken. Ja, sie konnte stolz auf sich sein: Sie hatte den Bürofreund gut angebracht, das Trottelsackerl umweltfreundlich entsorgt, mit monarchistischer Sympathie gefüllt und dem tschechischen Doktor hingestellt, der es dankbar mitgenommen hatte. Und beiden Seiten war geholfen: der Trottel in Gesellschaft gekommen, die Monarchisten nicht mehr der erotischen Verwirrung einer jungen Frau ausgesetzt ... Nein, allen drei Parteien war geholfen, auch ihr selbst: Wenn sie sich den Monarchisten fortan entziehen wollte, Ottistin, die sie war, dann würde sie guten Gewissens daran denken können, ihnen einen Nachfolger geliefert zu haben. Ja, sie würde abtreten, gemeinsam mit dem verstorbenen Thronfolger. Für immer. Oder zumindest, solange der Gips es erforderte.

Sie schnitt das Fleisch klein.

Zweitens, die Hochzeit. Sie hatte Waldrada noch nicht verständigt, zögerte den Anruf sogar hinaus, weil sie sich den wachsenden Ärger des brainstormenden Bezirksratskindes so gut vorstellen konnte und dessen umso größere Bestürzung, je später sie sich melden und von ihrem Unfall erzählen würde («... bin gerade erst munter geworden, Narkose, liege im Spital, Riesensorry meinerseits ...»). Waldrada würde sich schämen für ihren Ärger und sofort als Trauzeugin einspringen. Zecki würde nicht von Beachy enttäuscht sein, denn höhere Mächte hatten beschlossen, dass es keine Trauzeugin Vera Beacher geben sollte ... und wo sie das bedachte, tat's ihr plötzlich leid. Denn wie jede Pflicht, die überraschend von einem abfällt, kam ihr auch die Trauzeugenpflicht jetzt sehr leicht vor. Was wäre denn dabei gewesen!, dachte sie und schnitt die einzelnen Fleischstückchen noch einmal in Hälften. Schließlich kannte niemand Zecki so gut wie sie, niemand hätte ihr einen unvergesslicheren, tiefempfundeneren Polterabend bescheren können als eben: Beachy, die beste Freundin – wenn es nur wirklich, wirklich darauf angekommen wäre.

Der Gips, den sie trug, wuchs nun auch heilsam über ihr Gedächtnis: War sie nicht in den letzten Woche schon ganz knapp davor gewesen, sich endlich voll und hundertprozentig auf die Trauzeugenpflicht einzulassen? Zugegeben, sie war zögerlich und verschleppte weiß Gott alles – aber der letzte, entscheidende Schub, sich tapfer ihrer Aufgabe zu stellen, er wäre noch gekommen, sie hatte ihn deutlich nahen gespürt (oder spürte ihn vielmehr jetzt, im Nachhinein, wo sie ihn nicht mehr brauchte). Und ergriffen von dem Eifer und der Entschlossenheit dieser alternativhistorischen Beacher, die sich immer viel leichter tat als die echte, legte sie das Messer an den Tellerrand, machte zwei entschlossene Fäuste, Zecki die Daumen drückend, und sah feucht blinzelnd zur weißen Decke des Krankenzimmers ... und, wer weiß, dachte sie mit gesteigerter Rührung (und artikulierte beim Denken die Worte mit den Lippen): Vielleicht hast du ja auch Waldrada ein Gutes getan, vielleicht wächst dieser launische Trampel an seiner Aufgabe ...

Einige Minuten lang hatte sie in dieser Rührung geschwelgt, ehe sie spürte, wie das Pendel der Selbsteinschätzung in die andere Richtung schlug; fast hörte sie es ticken. Den Mund voller Püree, folgte sie dem Pendel und wurde streng gegen sich. Gut, dachte sie und eröffnete ihre Selbstanklage mit einer Verteidigung: Wenigstens Zecki wird nicht von mir enttäuscht sein. Aber ansonsten habe ich ein Massaker von Enttäuschungen angerichtet. Die Monarchisten, die Mädchen – sie schob mit der Messerspitze die zerfitzelten Fleischstücke über den Teller, pro Enttäuschtem eines:

Der blöde Sportmann – weil er recht hatte und es stimmte, dass sie knapp unter ihrer Hirnrinde immer wieder mit Blawicz geflirtet hatte, ohne dem etwas folgen zu lassen.

Wuwa – weil sie sich vor künftigen Treffen drücken würde.

Trotz ihrer Zuneigung zu Fleischstück Nummer drei, Felderer, die nicht stark genug war, ihren Ärger über Sportmann und Wuwa aufzuwiegen.

Kuki.

Die Mädchen, Anna 1, Anna 2, Miriam, Felice. Die alle würden ihr künftig nicht mehr vertrauen, würden sie ziehen lassen und sich von ihr abwenden.

Aber mit jedem Fleischstück, das sie von sich schob, wurde ihr leichter.

Und da machte sie eine erstaunliche Entdeckung: Sie hatte gelernt, zu enttäuschen. Die Beacher, die allen gerecht werden und alle zufriedenstellen wollte, die sich selbst geringschätzte und die Bedürfnisse der anderen ganz hoch – diese Beacher hatte eine neue Superfähigkeit entwickelt. Die Erwartungen der Monarchisten, die Erwartungen der Mädchen, die Erwartungen des Herrn Fronleitner: Sie würde sie alle nicht erfüllen, zwosch! Noch war der Gips ihre Geheimwaffe, aber künftig, das spürte sie, würde sie den nicht mehr brauchen: Sie würde Menschen vor den Kopf stoßen – einfach nur aus schlechter Laune, aus Hochmut und kapriziösem Schnepfentum, heißa! Stolz gabelnd, belohnte sie sich mit Püreefleisch: Gleich Ende des Monats würde sie kündigen, sich arbeitslos melden, Edith und Robert daheim auf die

Nerven gehen; süße Selbstgerechtigkeit, einmal nicht besser zu sein als die anderen! Sie würde keinen Finger rühren für den Junggesellenabschied, aber dennoch mitfeiern. Sie würde sich nicht mehr von den Monarchisten ärgern lassen, sondern einzelne Lieblinge herauslösen, wie man Milchbecher aus ihrem Plastikrahmen bricht: Doktor Felderer zum Zahnarzt erwählen, den seltsam zarten André kennenlernen, den jungen Blawicz treffen …

Den!

Fortwährend still lag das Handy da.

Sie legte die Gabel weg und nahm es zur Hand.

Speicher voll. Ach so.

Löschte Waldrada Grubers Nachricht.

Wartete.

Wie lange das her war, ihre Monarchistenzeit, als sie noch von der Lust umgetrieben wurde, den Doktor Habsburg zu treffen. Das Gedächtnis hatte Wochen und Tage und Stunden verdaut und zu einem kleinen Kügelchen Atmosphäre zusammenschnurpeln lassen. Noch vor zwei Wochen hatte sie sich Otto zeitgenössisch verbunden gefühlt, als sie – in welcher Sackgasse ihres Kopfes lag dieser Gedanke denn herum? – beim Straßenbahnfahren über eine mögliche Verkleidung für den schottischen Polterabend nachgedacht hatte und am «Sexshopp No. 1» vorbeigekommen war. Gerade mit Großbritannien beschäftigt – wo sie vor ein paar Jahren einmal in einem Schaufenster Papiermasken der Königin und der Königsfamilie gesehen hatte –,

hatte sie sich nun beim Anblick des Sexshops gefragt, ob dieser wohl auch Gummipuppen im Sortiment habe und ob manche von ihnen Prominenten nachgebildet wären – und dann, ob es in einer österreichischen Monarchie, die an Geschmacklosigkeit der britischen nicht nachstehen würde, auch den Kaiser als Sexpuppe zu kaufen gäbe …

Und es piepste zwar nichts, aber dafür – leuchtete das Display auf, strahlte ihr eine Telefonnummer entgegen, die beim ersten Blick aus so vielen verschiedenen Zahlen bestand, als steckte eine Bedeutung dahinter; als hätte das Handy den Ehrgeiz gehabt, keine Zahl zweimal anzuzeigen, und auch erst nach langem Nachdenken entschieden, welche Reihenfolge angemessen wäre – und von fern, ganz leise nur, entsummte sich dem Apparat eine Melodie, wurde lauter … Sie, scharfsinniger Beobachter, kommentierte die Beacher gedanklich vor sich hin, haben längst bemerkt, was das hier ist: ein Anruf! Und mit einem Gefühl, unbeteiligt zu sein, bemerkte sie, wie die Zahlen sich nach dem ersten Klingeln in Buchstaben verwandelten – «Blawicz, Ferdinand» – und nach dem zweiten wieder zurück in Zahlen, und sie hob ab.

«Hallo, hallo?»

«Vera, hier ist Fer… Veranstaltung ist …beigegangen. Wir s… meiner Wohnung.»

«Hallo? Der Empfang ist nicht gut …»

«…such kommen? Oder fühlst du dich zu …»

«Wenn du gerade gefragt hast, ob du zu Besuch kommen kannst, dann würde ich antworten: ja, gerne.»

«...pfang nicht gut ...»

«Bei mir auch nicht», sagte sie.

Dies bewirkte eine sofortige Verbesserung.

«Vera, sofern du nicht zu müde bist, würde ich auf einen Sprung vorbeischauen, zu einem Rekonvaleszenzbesuch, wenn dir das recht ist selbstverständlich nur ...»

«Gern.»

«Wunderbar!»

«Und wie war es bei euch?»

«Großartig, wirklich ... hast du gesehen im Fernsehen, wie viele Leute Abschied genommen haben? Die Empfänglichkeit für unser Anliegen scheint größer denn je zu sein, unglaublich ... Doktor Felderer hat die Hälfte seiner Flugzettel von unserer letzten Kundgebung verteilen können, und Sportmann hat ein Interview gegeben! Wir wittern alle Morgenluft. Ein Radiosender will einen von uns zu einer Diskussion einladen ...»

«Das klingt ja ermutigend», sagte sie und schloss beim Zuhören die Augen.

«Danke, ja ... Dann sehen wir uns gleich ... soll ich etwas mitbringen?»

«Nein, nein ... ach so», der Regenschirm war ihr eingefallen, der noch in Blawicz' Wohnung hing: «Eines vielleicht noch: Nezapomeň mě dát zpátky můj deštník ...»

Sagte sie? Dachte sie? Sie konnte doch gar kein Tschechisch. Dann schlief sie offenbar und träumte wahrscheinlich schon …

Elftes Kapitel

Finally: Elisabeth

Schön: Nach einem Besuch bei Ferry auf dem Siebensternplatz zu stehen und zu rauchen, in einem Hauseingang, weil's regnete; und quer durch den Dampf und die Nässe strahlte das späte Licht aus einer der langen Gassen Wiens, an deren Ende, zwischen ein paar grünen niederösterreichischen Bergen, sich wie jeden Nachmittag die Sonne gesetzt hatte. Dorthin hatte sie sich zurückgezogen, vor die Wiener Stadtgrenze, ließ drinnen die Schatten dichter werden und schnitt aus dem Hauseck gegenüber ein weiß leuchtendes Tortenstück heraus.

Das war wann gewesen? Im Juni? Und fiel ihr jetzt warum ein? Durch Licht und Rauch wurde die Beacher daran erinnert, als sie den ersten Zug an ihrer ersten außerösterreichischen Zigarette des Jahres 2011 nahm.

Aber in dieses schottische Wintersportdorf reichte das Licht aus den niederösterreichischen Gipfeln nicht hinein. Hier fiel es am Abend fast waagrecht über die Wiesen, denn die grünen Hügel waren zwar nicht hoch, aber dafür hatte man sie in jeder Richtung vor der Nase. Und jeder Schritt, den man machte, war der Beginn einer Besteigung: Auf der anderen Straßenseite erhoben sie sich, leuchtend durchzogen von den Streifen violetter Sträucher, und auch hinter dem Ort, an der straßenabgewandten Seite, ging's sofort mäßig steil bergan. Nur ein paar Ferienhäuser passten in die Kuhle dazwischen, ein abschüssiger Kirchhof, eine steinerne Brücke über einem Bach und das in drei wild zusammengenagelten Flügeln auseinanderstrebende Skihotel, in dem sie wohnten und dessen Zimmer nicht geheizt wurden, weil es Ende August war und sommerliche neun Grad Abendtemperatur hatte. Nur in der Hotelbar war es warm. Wollte man dem Geplapper der Hochzeitsgirls entgehen, die dort saßen, dann musste man vor die Tür. Eine Zigarette war da eine gute Ausrede.

Die Hotelmusik wurde lauter, die Tür hatte sich geöffnet, und Miriam Tschendl war herausgetreten. In ihrem Schulmädchenrock und ihrer dünnen Bluse begann sie sofort zu frieren.

«Hallo ... wollte dir Gesellschaft leisten beim Rauchen ...», klapperte sie und schlang die Arme um den Oberkörper.

Die Beacher, die angekündigt hatte, sich erst dann umzuziehen, wenn die Braut käme, blies Rauch aus der Kapuze ihres Anoraks und nickte mit steifem Kragen. Miriam rieb ihre nackten Beine aneinander. Sie hatte eine O-Stellung; wahrscheinlich Reiterin. Die

Mutter Fernsehmoderatorin, der Vater Künstler: Miriam Tschendl, eine edle Züchtung, durch zu viel Pferdesport zuschanden geritten.

«Weißt du, was das Lilane da ist?», sagte die Tschendl und zeigte mit einem einzelnen Finger, weiterhin die Arme klammernd verschränkt, auf die violetten Streifen an den Hügeln.

«Irgendwelche Sträucher», sagte die Beacher. «Lavendel oder Disteln.»

Der Regen war fein, man spürte ihn kaum. Hin und wieder nahm er zu, nicht sehr, etwa auf die Stärke eines überraschenden Parfümspritzers. Miriam zuckte jedes Mal zusammen. Gemütlich rauchte die Beacher.

«Und wie ist nun der Plan», fragte sie, «was habt ihr euch ausgedacht?»

«Ach so, weißt du's noch gar nicht?»

«Ich war ja nicht bei den Vorbereitungen.» Sie hob den Rist ihres rechten Fußes und stützte sich zugleich auf den Regenschirm, der neben ihr im Boden steckte.

«Ach so, stimmt. Tut mir leid. Also: Um neun geht's los. Heute ist Ladies Night in der Hotelbar. Das findet einmal im Monat statt, da kommen dann die Frauen von überall aus der Umgebung, Glenshee, Crathie, Braemar und wie die Orte alle so heißen. Es gibt sechs Stripper für drei Stunden. Der um halb elf ist für Lisa reserviert. Und das Highlight ist – der hat einen Hochzeitsspruch auf seinem Brustkorb geschrieben, auf Deutsch ...»

Mit einem mütterlichen Gefühl bemerkte die

Beacher, dass Miriam Tschendl vor lauter Erklären vergessen hatte, zu frieren.

«Den Spruch hat sich Waldrada ausgedacht. Wie gesagt, die eine Hälfte davon steht auf dem Brustkorb, dahinter Pünktchen Pünktchen Pünktchen, Fortsetzung folgt, und dann mittendrin, während er strippt, dreht er sich um …»

«… wird umgeblättert, sozusagen», sagte Vera.

«Wird umgeblättert», übernahm Miriam, womit sie augenblicklich in Veras Achtung stieg – und durch den folgenden Kalauer gleich noch zehn Sprossen höher kletterte: «erst entblättert, dann umgeblättert. Und die zweite Hälfte des Spruchs steht dann quer über seinen Po geschrieben.»

«Na so was.»

Auf einmal freute sie sich auf den Abend. Vielleicht, weil alles so schwachsinnig klang? Oder weil ihr die zitternde Tschendl durch ein Wortspiel und rücksichtsvolle Dialogführung sympathisch geworden war?

Sie wollte sie schonen, die Tschendl, zerquetschte ihre nur zweidrittelgerauchte Zigarette an der Hotelwand, und gemeinsam gingen sie wieder hinein ins Warme.

Es war laut. Die Bar war voller geworden, mit dem Schirm hielt die Beacher fremde Füße auf Abstand. Sie drückten sich durch die Gäste, unter denen inzwischen deutlich mehr Frauen waren, erreichten ihr Tischchen, an dem Anna 1, Anna 2 und Felice saßen, und bekamen im selben Moment von der Kellnerin fünf Gläser Whisky serviert. Die Beacher ließ sich vorsichtiger auf dem Hocker nieder, als es der Zustand ihres Fußes nötig machte, klemmte den Schirm zwischen die Knie und umschloss ihr Whiskyglas mit den Händen.

«Das ist grade so wie in der achten Staffel, in der Sally was mit diesem Sommelier anfängt!», schrie Felice Krott gegen die Musik.

«Mit wem?» Eine der beiden Annas.

«Dem Sommelier!»

«Ist das die Folge, in der sie nie richtig wuschig wird, weil sie bei ihrem Date von jedem Wein immer nur einen einzigen Schluck nehmen darf?» Sie musste nicht nur gegen die Musik anschreien, diese Anna, sondern auch gegen ihre eigene Hand: Sie aß Erdnüsse und hielt den Handrücken vor den Mund, um nicht zu spucken.

Die Beacher zerkaute selbst eine Nuss, legte dann die Hände als Trichter um den Mund und beugte sich zu Miriam. «Wann kommt denn Zecki? Ich meine, Elisabeth?»

«So um halb zehn!», schrie Miriam.

«Mit Waldrada als Eskorte?»

«Nein, die kommt nicht! Lisas Schwester bringt sie!»

«Warum kommt Waldrada nicht?»

Miriam Tschendl zuckte mehrfach die Schultern, als hätte sie sich darüber selbst noch keine Gedanken gemacht, tippte einer der Annas gegen den Arm und lehnte sich über den Tisch: «Du, warum ist Waldrada eigentlich nicht dabei?»

Anna runzelte die Stirn, um besser zu hören, verstand die Frage und lehnte sich Vera und Miriam entgegen.

«Probleme mit ihrem Vater!», rief sie.

Wieder schrie sie gegen ihre Hand, aber diesmal nicht gegen den Handrücken, sondern gegen die Handfläche. Die Beacher wunderte sich und vermutete dann, dass Anna wohl gerade nichts im Mund hatte und die gewendete Hand diesmal Diskretion bedeuten sollte. Sie bekam Lust, auf den Moment zu warten, in dem Anna neue Erdnüsse in den Mund steckte, um ihr sofort danach eine frivole Frage zu stellen. Aber ihr fiel nichts ein, und so erfuhr sie nicht, wie die Mischung aus beiden Handhaltungen hätte aussehen können.

«Was ist denn passiert?», rief Felice Krott inzwischen.

«Offenbar hat sich Waldrada mit irgendwelchen politischen Spinnern eingelassen», schrie Anna zurück. «Flugzettel verteilt! Auf einer Wahlkampfveranstaltung ist es rausgekommen!»

«Was für Spinner?»

«Weiß nicht genau! Die wollten den Kaiser zurück, glaub ich …»

«Uh, verrucht», zitierte die Beacher Miriam, ohne von den anderen gehört zu werden, und wedelte auf ihrem Sitz, indem sie abwechselnd die Backen ihres Hinterns anspannte.

«Ihr Vater ist supersauer!», schrie Anna weiter. «Zur Strafe hat sie zu Hause bleiben müssen!»

«O my god, echt!», rief die zweite Anna. «Wie furchtbar! Wo sie es doch war, die alles hier organisiert hat ...»

Auch diese Anna, bemerkte die Beacher, hatte eine eigene Geste, und die ging so: beide Hände gefaltet, sodass sie Kinn und Mund bedeckten, die Mittelfingerspitzen berührten die Nase. Es wirkte dramatisch und amerikanisch, wie aus dem Finale einer Model-Castingshow.

«Sláinte, auf Waldrada!», sagte die Beacher und hob das Whiskyglas, bevor es zwischen ihren Händen zu warm wurde. Schweigend stießen sie an und nahmen dann jede einen winzigen Schluck, wie Sally oder Silly mit ihrem Sommelier.

Vera Beacher lehnte sich zurück und ließ es sich den Hals hinunterbrennen. Alles läuft über mich, dachte sie; mein Herz ist der Knoten in den Kabeln der Welt. Der Trottel war ihr nachgelaufen bis zu den Monarchisten. Dann hatte er sie bei denen herausgedrückt, war selber hängengeblieben, und sie war die alten Herren losgeworden. Auf der Demo hatte wiederum Beachy Waldrada herausgedrückt und als vermeintliche Bezirksratstochter, monarchistisch gesinnt, mit dem Kassier geplaudert, der dies wohl an den Bezirksrat weitergetratscht hatte. Das habe ich gut eingerichtet, dachte sie, und machte eine kreisende Handbewegung, um den Abschlusszauber durchzuführen. Weil sie noch etwas magische Energie in den Fingerspitzen spürte, zauberte sie Felice Krott eine Blasenentzündung unter das Röckchen; bereute aber schnell den Missbrauch, vergrub die Zauberhand in der Knabberschale und knackte fortan schweigend Nüsse zwischen Daumen und Zeigefinger.

Die Musik war verklungen. Zu neuer, leiser Klavierbegleitung hatten sich die Vorhänge der Bühne geöffnet, auf der ein schwarzer Hocker und ein schwarzer Garderobenständer zu sehen waren. Ein paar Minuten lang betrachteten die fünf die Szene, hörten auf das Klavier und aßen Erdnüsse.

«Das erinnert mich daran, wie Monique mit diesem Klavierlehrer zusammenkommt», sagte Felice schließlich, diesmal mit gesenkter Stimme. «Der eine, der immer von seiner minderjährigen Schülerin gestalkt wird.»

«Phil?»

«Ja genau! Wo er dann einmal auf dem Klo ist und Monique so tut, als wäre sie die Vertretungslehrerin: ‹Schätzchen? Tu mir einen Gefallen und bleib heute mal auf den schwarzen Tasten, ja?› – ‹Aber bei Chopin kommen auch weiße Tasten vor!› – ‹Chopin ist aber nicht mit solchen Dreckpfoten zum Klavierunterricht gekommen. Spiel auf den schwarzen, ich bitte dich, da fällt's nicht so auf!›»

«Ist das die Folge mit dem Gabelstapler?», fragte eine der Annas oder Miriam, und die Beacher spülte den Mund mit Whisky. Das Klavier spielte etwas, das sie kannte, Bohemian Rhapsody, glaubte sie.

«Nein, das ist doch eine von den ganz neuen!»

«So, jetzt tut sich was auf der Bühne!»

«Attention, attention! Sind aber nur Scheinwerfer.»

«Nein, also das mit dem Gabelstapler ist die Folge, in der das Klavier dann in die Wohnung von Monique übersiedelt wird. Wo Phil umzieht, weil er sich von der Geigenspielerin trennt, diesem Vanessa-Mae-Charakter ...»

«Welcher Charakter?»

«Du, Vera, möchtest du dich nicht umziehen? Könnte ja Lisa jeden Moment kommen ...»

Gerade noch durch ihr Schweigen geschützt und abgeschieden, hatte eine Gedankenverbindung zwischen «Umziehen» und «Umziehen» wieder auf die Beacher aufmerksam gemacht.

«Ja, okay», sagte sie. «Gleich. Vorher will ich mit dem Handy noch ein Foto von euch machen, bevor der Stripper eure ganze Aufmerksamkeit ...», und sie ließ das Satzende in Gemurmel versickern, trank einen Schluck und holte ihr Telefon hervor. Alles nur, um Zeit zu gewinnen, bevor sie ihre blöde Uniform anzog, denn je weniger Licht dann im Zuschauerraum war, desto weniger würde auffallen, dass ihre Krawatte nicht zum Rock passte, sondern ein blauer Zufallsgriff aus Roberts Kleiderschrank war.

Sie drückte die Tastensperre weg. Eine neue Nachricht: Ferry.

Automatisch senkte sie das Handy unter die Tischkante, las und schrieb zurück: «Alles gut. Aber kalt draußen. Hab noch den roten Anorak an, zögere das Umziehen möglichst lange hinaus. Die Stripper auf der Bühne übrigens auch.» Den letzten Satz las sie noch einmal mit zusammengezogenen Brauen – er war ja nur halbrichtig, die Stripper zogen sich schließlich aus statt um. Aber vielleicht würde Ferry den Scherzversuch ehren. Er war ja überhaupt einer, der ihr gern entgegenkam, das hatte sie bald bemerkt. Er war sogar sichtbar stolz, wenn seine Ansichten zufällig einmal liberaler waren als die ihren. Sie fand das lustig, weil sie dann jedes Mal selbst die reaktionäre Sau herauslassen konnte. Einmal, letzte Woche, hatte sie sich in der U-Bahn bei ihm über die Bettlermusik beschwert und gemeint, sie würde leisen Bettlern jederzeit etwas geben, nur mit schlechtem Getrommel und einem Kassettenrecorder wolle sie auf keinen Fall verfolgt werden. Dies hatte sie aber nur gesagt, weil sie vorher sein wohlwollendes Gesicht gesehen hatte – und richtig: Sofort widersprach er, dass auch unter Bettlern die Aufmerksamkeitsökonomie gelte, und die Unterstellung, Osteuropäer wie die soeben Spielenden machten freiwillig Krachmusik, sei ein antiziganistisches Klischee o.s.ä. Er erlaubte es sich bei anderen Gelegenheiten, über moderne Kunst zu schimpfen, wofür er wiederum von ihr korrigiert wurde. Es war ein Spiel, ein Ausprobieren von konservativen Meinungen, das sie aneinander übten …

Aber wer kam da, gerade in diesen Gedankenstrudel hinein, als Vera sich eben von der Bühne abwandte, um den Eindruck zu vermeiden, sie warte auf einen Stripper, um ihn mitzufotografieren? Wer? Ja, die Kellnerin mit dem Sekt, die auch – aber hinter der Kellnerin, begleitet von zwei jungen Männern links und rechts, kam aus Richtung des Eingangs, hörbar schon am Tocken der Regenschirmspitze gegen den Fliesenboden – noch wurde die Gestalt von der Kellnerin verdeckt, die das Tablett auf die linke Armbeuge geladen hatte und Flöte um Flöte auf das Tischchen stellte, erst vor Felice, dann vor Miriam, dann vor Vera, dann noch eine Schale Erdnüsse, dann die Sektflasche in einen am Tischchen festgeschraubten Kübel ohne Eiswürfel – wer kam da hergetappt, tockend, ein himmelblauer Fleck zwischen zwei schwarz gekleideten Begleitern, reckte den noch nicht sichtbaren fünfundachtzigjährigen Kopf mit dem Altmännergesicht und der ewig gleichen Frisur hinter der Kellnerin hervor, um einen Blick auf die noch leere Bühne zu werfen – ohne dabei die Lippen zu verziehen, übrigens?

Wer?

Elizabeth. Die Königin.

Nicht, dass Vera Beacher sie gleich erkannt hätte. Sie sah ja nicht einmal hin. Für sie wurde die Queen erst sichtbar, als die Kellnerin abgeladen hatte und zur

Bar zurückging. Sie hatte nach all dem Whisky großen Sektappetit und war ganz auf Miriam konzentriert, die einschenkte. Vorher aber fotografierte sie noch den Kübel und die Mädchen mit ihrem Handy. Und weil sie sich zurücklehnte, um den ganzen Tisch aufs Foto zu bringen, war bei der Bildkontrolle nachher auch die Königin drauf.

Die Beacher stellte den Sekt ab. «Die Kön-, die – Queenigin!», sagte sie. «Die ist das! Holy –»

Die anderen saßen in Bühnenrichtung gewandt und prosteten einander zu.

Sie zog die Tschendl am Blusenärmel. «Schau, da drüben! Das ist die –»

Inzwischen hatte die alte Dame einen weißen Blumenstrauß überreicht bekommen, den sie in der rechten Armbeuge hielt, die Hände vor dem Schoß gefaltet, lächelnd. Warum sollte sie auch nicht hierher kommen, dachte die Beacher und stand auf. Ihre erste U-Bahnfahrt hatte sie vor ein paar Jahren hinter sich gebracht, ihren ersten Besuch bei McDonald's, und dies ist nun also der erste Besuch der Königin in einem britischen Stripclub. Die roten Kordeln, das Gestänge, das viele Gold – es musste ihr wie eine ungenaue Kopie ihrer gewohnten Umgebung vorkommen. Und, klar, darum ließ sich auch der Stripper so viel Zeit: weil die Königin natürlich nicht hier war, um zu konsumieren, so wie sie ja auch in der McDonald's-Filiale keinen Burger gegessen hatte.

«Vera?»

«Die geht sich umziehen.»

Das Klavierspiel endete, Musik vom Band dröhnte los. Und schon drehte sich die Königin weg, nickte einem ihrer Begleiter zu und wandte sich zum Gehen. Aber da kam eine junge Frau im roten Anorak auf sie zu, auf einen Regenschirm gestützt. Die Queen bemerkte es, freundlich drehte sie sich wieder zurück und streckte den Handschuh aus, Handrücken nach oben. Die junge Frau knickste im Näherkommen. Fast kam sie nicht mehr hoch, so groß waren ihre Schritte. Hinter ihr trat der erste Stripper auf die Bühne.

«Your Majesty, the Queen!», schrie die Beacher gegen den Applaus an, und die Königin reichte ihr stumm die Hand und deutete auf ihr rechtes Ohr. Dann lächelte sie und zeigte auf die Ausgangstür.

«Zu laut? Rausgehen?»

Die Königin nickte, taub weiterlächelnd. Einer der schwarz gekleideten Begleiter wiederholte das Nicken und ging voraus. Zwei Schritte hinter der Königin folgte die Beacher; starrte der alten Dame auf den Rücken, und wie eine blaue, queenfarbene Kaugummiblase, die vor dem Gesicht so lange anschwillt, bis man nicht mehr vorbeischauen kann, bemerkte sie das Unübersehbare: Das hier war ihr Ziel, war es immer schon gewesen – eine echte Monarchin! Kein unglücklicher Anwärter wie Otto, der durch Fleiß und Engagement, Studium und Politik ausgleichen musste, was ihm eine

Königin in all ihrer Mittelmäßigkeit und Unbildung hundertmal vorausahatte: letzter Zipfel von etwas Absterbendem zu sein, ein Zipfel, der das Zeitalter Churchills mit der Gegenwart verband. Hoffentlich starb sie bald, hoffentlich war die Beacher eine der Letzten, die diesen Zipfel noch berührt hatte ...

Die Tür schloss sich hinter ihnen, sie standen im Freien. Einer der Bewacher hatte der Königin einen Mantel gereicht und war an die Hotelwand zurückgetreten. Der andere ging Richtung Parkplatz. In der Dunkelheit ließ er ein Autoschloss aufpiepsen.

«You are the Queen», sagte die Beacher. «I mean: You know that you are the Queen, you wake up every day knowing it ...»

«That's what they tell me», sagte die Königin und knöpfte sich, leicht vorgebeugt, den Mantel zu. Unfähig, wegzusehen, suchte die Beacher zwischen Haaransatz und Augenbrauen nach einem Anhaltspunkt auf der königlichen Stirn, der sie auf einen anderen Gedanken brachte als den einen, immer wiederkehrenden: Die Queen, die Queen, das ist die Queen!

«The big narcisstic – how do I say, Kränkung», sprudelte sie, «the big – insult, not being the only human on earth or at least the most important one; you don't know this, because you are given the feeling you were it. That's great. You are living the only, hm, menschenwürdige Leben, your Majesty, the only life, that is not dominated by this big narcisstic, solipsistic insult

... everybody should be treated like this, everybody should be a Queen of her own ...»*

Die Königin hatte fertiggeknöpft und sah auf.

«How interesting», sagte sie lächelnd. Und weil die Beacher verstummt war, schlug die Königin vor: «Would you like to take a stroll with me?»

Und sie nahmen ihren stroll, zum Brücklein hinter dem Skihotel, den finsteren Bach entlang und diesmal beide nebeneinander: Beachy mit ihrem Regenschirm, der bei jedem Schritt im Schotter schabte und dann auf der Brücke hohl auftippte, die Queen an ihrem Regenschirm, der englischer klang in seinem Tock-Tock; das war aber wahrscheinlich nur Einbildung. Auf der Mitte der Brücke blieben sie stehen. Der Bach rauschte gleichmäßig unter ihren Füßen. Langsam gewöhnten sich ihre Augen an die Dunkelheit, und sie bemerkten eine schwärzere Stelle im Wasser, an der es in unregelmäßigen Abständen laut gluckste. Die Königin horchte mit eingezogenem Kopf. Plötzlich wurde das Rauschen stärker, und nach einer Sekunde

* Das muss man auf Deutsch hören, auf Englisch kann man's echt vergessen: «Die große narzisstische Kränkung, nicht der einzige Mensch auf der Welt zu sein oder wenigstens der wichtigste – Sie erleben das nicht, Ma'am. Ihnen wird das Gefühl gegeben, Sie wären es. Das ist großartig. Sie führen das einzige menschenwürdige Leben, Majestät, das einzige Leben, das nicht dieser narzisstischen, solipsistischen Kränkung unterworfen ist ... Jeder Mensch sollte so behandelt werden, jeder sollte eine Queen für sich sein ...»

Verwunderung spürten sie beide, dass es regnete. Sie spannten ihre Schirme auf. Durch dieses gemeinsame Erlebnis fühlte sich die Beacher wieder zum Reden ermutigt.

Sie befeuchtete ihre Lippen und fragte: «I assume, most people are nervous, when they meet you?»

Die Queen lächelte, mit einer Kopfbewegung wiegelte sie ab.

«I mean», setzte die Beacher fort, «you meet me and I meet you. For you, I am about the twentieth million person to see, Ma'am, so there is not the slightest chance I might surprise you with my thoughts or give you any new experience ... you live a life so far from everybody else ...» Sie überlegte. «Now I know the meaning of – I better say it in German: Tyrannenmord, your Majesty. Der einzige Weg, wie man zu so hervorgehobenen Menschen überhaupt durchdringt ...» Sie überlegte noch einmal, dann sagte sie: «That would change something.»

«So did you enjoy your evening?», fragte die Queen lächelnd.

«Yes, thank you. I am waiting for my friend in the hotel. She is going to be married soon.»

«How lovely!»

«Today it's her, how do I say ...»

«Junge-Sallen-Upsheet?», sagte die Königin.

«Yes, thank you, Ma'am. Excuse me – would you be so kind waiting with me to congratulate her?»

«Oh, I'd rather not.» Mit diesen Worten trat die Königin einen Schritt zurück, in die Mitte der Brücke und streckte die Hand aus, wieder mit dem Handrücken nach oben. «It was a pleasure to meet you!»

Sie lächelte immer noch. Nein, zu dieser Frau drang nichts durch. Nicht von außen. Aber sie selbst, sie musste sich doch hin und wieder die Frage stellen, wie sie dazu kam, Königin von Großbritannien zu sein – und wie gering die Chance dafür war …

Die Beacher ergriff die Hand der Königin und knickste.

«Your person», sagte sie, «is a – ein Zufall», verstand man das? Never: «I mean, your existence. An incidence», fiel ihr ein, «you could be anybody. Any old lady could perform you, mit Verlaub, a thousand old ladies could be this so-called-Queen.»

Sie dachte einen Moment an Robert vor dem Fernseher, beim Begräbnis von Otto Habsburg, und an das Porträt des Bundespräsidenten in der Wohnung des jungen Blawicz, und plötzlich wusste sie, wie sie durchdringen konnte. Sie erhob sich aus dem Knicks und beugte sich an das Ohr der Königin.

«You and I», sagte sie leise, «we both know, that the word ‹Queen› has no meaning.»

Sie zog ihr Gesicht zurück.

Ernst schaute die Königin. Dann beugte sie sich ihrerseits vor, führte ihre Lippen an das Ohr der Beacher und sagte:

«Please, don't tell anybody, dear.»

«Na schön», sagte sie zu sich, als sie in ihrem Hotelzimmer am Fenster stand, bereits im Schottenrock, die Bluse noch nicht zugeknöpft, «das da draußen ist also Schottland.»

Mit zwei Fingern tippte sie gegen das Glas und nickte dazu; nickte sich den Gedanken tief ins Gehirn, dass dort draußen die Königin auf einer Brücke stand. Dann machte sie das Fenster auf. Schwarze Nacht kam herein. Sie lehnte sich hinaus.

«Da steht sie. Die sogenannte Queen, keiner menschlichen Beschränkung unterworfen. Streckt ihren Regenschirm tief in die stürmische schottische Nacht. Fängt den Wind unter ihrem Schirm, lässt sich davontragen, in ihr Ferienschloss Balmoral, das hier in der Nähe steht … Fliegen geht schneller als Autofahren, bei dem Nebel …»

Und als sie «Auto» aussprach, bog ein Taxi von der Straße auf den Hotelparkplatz. Da knöpfte Beachy ihre Bluse zu – nur jeden zweiten Knopf, das ging schneller – die blaue Krawatte ließ sie weg …

«Das wird die Zecki sein … Schon gut, dass die Zecki endlich da ist …»

Und das war auch gut.

Auflösungen

1.) Die vom Trottel auf dem Krankenhaus-Nachttisch abgelegte Symphonie stammt von Anton Bruckner, nicht von Gustav Mahler. Für Anton Bruckner steht auch das AB in «AB für VB», nicht für die Initialen des Trottels. Mahlers (wohl falsch überliefertes) Zitat über Bruckner («halb ein Trottel, halb ein Gott»), welches die Beacher glauben macht, die Symphonie sei von Mahler, lässt eher vermuten, dass der Trottel auf seinen eigenen Spitznamen anspielt. (Hätte die Beacher gemerkt, dass er ihn offenbar kennt, wäre es ihr schön peinlich gewesen …)

2.) Die Behauptung Ernst Wilhelm Wuwas, Doktor (Aichhörnl-)Veverka lerne Tschechisch «seit drei Jahren aus dem Wörterbuch heraus», scheint eine spontane Zuspitzung zu sein. Zwar sind Sätze wie «Kde je záchod?» («Wo ist die Toilette?»), «Tam, kde jsou dveře … jste moc laskavý» («Dort, wo die Tür ist … du bist sehr freundlich»), «Bosý, to je lepší» («Nackt, das ist besser») oder «Vítr a prší» («Es regnet und stürmt») leicht zu bauen, in Bezug auf den Rucksack und den Sekt formuliert Doktor Veverka aber Dinge, die nur mit einem Wörterbuch kaum zu erlernen wären.

3.) Schließlich könnte vermutet werden, der alte Mann mit dem abstehenden Backenbart, den die Beacher in der Hütteldorfer Straße sieht und an dem sich ihr Gefühl der Zeitgenossenschaft erstmals entzündet, sei der ihr noch unbekannte Doktor Felderer. Aber das ist natürlich Unsinn, auch wenn Doktor Felderer in der Nähe wohnt: Sein Bart sieht ganz anders aus!

Dank an

Roland Reichart-Mückstein
für die erste Spur,

Norbert Elias, Otto Habsburg, Ernst H. Kantorowicz, Erik von Kuehnelt-Leddihn, Hans Magenschab, Eduard Mörike, Joseph Roth und Seeed
für die Literatur,

Wilhelm Trapp
für sein Lektorat,

Arlette Adibi
für ihre Übersetzungen ins Tschechische

und Patricia
für alles.

MIX
Papier aus verantwortungsvollen Quellen
FSC® C083411
www.fsc.org

Das für dieses Buch verwendete FSC®-zertifizierte Papier
Schleipen Werkdruck liefert Cordier, Deutschland.